GOBOOKS
& SITAK
GROUP©

三日月書版

三日月書版

星際首席
検察官
author. YY的劣跡
illust. あさ
III
Chief Prosecutor of the Galaxy
三日月書版
輕世代 BL042

Chief Prosecutor of the Galaxy

Contents

characters

「我是即將拯救世界的救世主。」

有奕巳

年齡：15

衝動好勝，但並非一味莽撞，而是該贏的勝負全力以赴，一定會贏。

CHIEF PROSECUTOR OF THE GALAXY

characters

「你做得很好。（僅限有奕巳專用）」

慕梵

年齡：200↑
身分：王位繼承人

認定的目標決定不會放棄，認定的人絕對不會放手。

CHIEF PROSECUTOR OF THE GALAXY

characters
「有時候更希望自己是出生於普通家庭的普通人，會過得更輕鬆一點。」
伊索爾德
年齡：15
是第一個與有奕巳成為朋友的亞特蘭提斯人。
出生於亞特蘭提斯的大貴族家庭，卻無法使用其種族的天生力量，因此前往北辰學習。
CHIEF PROSECUTOR OF THE GALAXY

characters

「為堅守信念而不惜一切的人，
信念崩塌時也將迎來毀滅。」

有琰炙

年齡：18

北辰軍校的優秀學員，上將有壬耀的獨子。
為人冷淡克制，專注於提升自己，身體卻有隱憂。

第二十五章　龍臥於野（一）

北辰軍校第二學期的返校日。

天剛亮，便有人敲響了樓下大門。

砰砰砰！

「小奕，人呢？快開門！」

「小聲點，他說不定還在睡覺。」

「我就是怕他睡到日上三竿才來找他，知道今天是什麼日子嗎，這時候還睡懶覺？喂，蕭奕巳！」

久違的吵鬧聲，將蕭奕巳從睡夢中喚醒。

他睜開睡眼惺忪的眼，頂著一頭亂髮下了床。

剛探出窗，便看到三個排成一排的腦袋——沈彥文、伊索爾德和衛瑛。三個人排排站著，看到他出現，不約而同地露出笑容。

「早啊，小奕！」伊索爾德爽朗地道。

「你還不快起床！」沈彥文皺著眉喊道。

「作為一名優秀的軍校生，應該有良好的生活作息。」依舊很衛瑛派的話語。

有奕巳有再大的起床氣，看到這三個人也都熄火了。

「好好好，你們等一下。」

他半睡半醒地換好衣服，下樓將三人迎了進來。

「如果我沒記錯，明天才正式開學吧？你們這麼早來幹嘛？」

「今天是個很重要的日子，你忘了？」沈彥文毫不客氣地在大廳沙發坐下，看著他，「今天是年級首席的公布日！」

有奕巳才想起來好像有這麼一回事。

伊索爾德取笑道：「看你一點都不在意，莫非是胸有成竹？似乎沒有將我們這些競爭者看在眼裡。」

「沒有沒有……」有奕巳連忙擺手，「只是最近忙著查一些資料，就忘了這件事。」

「查什麼？」

有奕巳看著伊索爾德，心想對方好歹也是帝國的大貴族，或許他也知道一些當年的情況？但是想到慕梵與星鯨家族的糟糕關係，有奕巳想了想，決定先不要給伊爾帶來更多麻煩。

「一些論文要用的資料。」有奕巳心虛地敷衍了過去。

伊索爾德沒察覺出不對勁，而是道：「說起來，這個假期殿下也沒有回國，似乎也是在查事情。」

「你知道？」有奕巳敏感地問。

「有些事，即便我不想知道也必須知道。」伊索爾德苦笑道：「身不由己。」

身不由己嗎？有奕巳想，慕梵當天的話，是否也有這個意思呢？不過這傢伙說回去查情報，過了這麼多天都沒消息，不會根本是在耍自己吧？

他正揣測著，門口傳來一陣停頓有序的敲門聲。

「打擾了，請問蕭奕巳同學在嗎？」

幾人齊齊轉頭看去，一個穿著正裝的男子正站在宿舍門口。

「梅德利？」伊索爾德驚呼。

「原來海因里希家的小少爺也在這裡，那我就不用多走一趟了。」梅德利微笑，「蕭同學，殿下派我來找你，說是當日所查的事已經有下文了。」

有奕巳問：「慕梵他人呢？」

「殿下正在別處準備。」書記官神祕道，「而這件重要的事，還需諸位配合。」

幾人面面相覷，不知道慕梵和他的書記官葫蘆裡賣的是什麼藥。

今天是返校日，也是公布年級新首席的日子。一大早，返校的學生們便聚集在電子公告欄前，等待最新名單出爐。

上午九點，名單準時公布，人群裡一片議論。

「克利斯蒂師兄又蟬聯了四年級首席。」

「四年級……現在是在外面實習吧？」

「我說，如果有琰炙師兄沒留級，這個首席才有懸念。看，三年級的首席變成琰炙師兄了。」

「你們看一年級的！」

公告欄上公布的一年級首席——

星法學院：有奕巳

守護學院：沃倫・哈默

這兩個名字，與其說是意料之外，不如說早就在所有人意料之內。有奕巳的特殊，眾人都看在眼裡，因此哪怕他是有史以來北辰第一位異能等級不足五級的首席，也無人敢質疑他的能力；倒是沃倫的首席地位，並未得到所有人的認可。

「一年級守護學院裡，最強的不是沃倫・哈默吧。」有人質疑道。

「就算衛瑛比他略遜一籌，不是還有那個亞特蘭提斯的王子嗎？」

「你忘了？校長親口說過，慕梵不能擁有騎士資格，這首席不可能會輪到他。」

「騎士是騎士，首席是首席，兩者不能混為一談吧！」

「這倒也是……」

名單剛公布，圍繞沃倫與慕梵究竟誰更適合成為首席的爭論，已經傳開了。

混在人群中聽著議論的女孩，也悄悄退了出來。

沃倫．哈默與慕梵的首席之爭，是否可以拿來做些文章呢？

「喂，齊修！」

前面幾個守護學院一年生聚在一起，圍住一個表情淡漠的男生。

「沃倫當了首席，你也是次席，這下算是一步登天了嘛！」

「怎麼樣？做叛徒的感覺是不是很爽？」

「抱住哈默家的大腿，果然就是有好處啊！」

幾個人冷嘲熱諷不斷，齊修從頭到尾臉色未變一下。

「讓開。」他冷冷道，「既然知道我是次席，再惡意挑撥，我就按紀律處置。」

「你——」

幾人悻悻地放他離開，看著他的背影道：「不過就是哈默家的狗腿，有什麼好得意的！」

「齊家先祖有靈，肯定會被他氣死！」

齊修。

女孩看著前方的背影，眼前一亮，或許她找到了一個插入點。她邁開步伐，悄聲跟了上去。

「齊修同學。」走到僻靜處，她小跑地追上去，微微一笑，「有些問題，想請教你一下。」

齊修停下腳步，正準備拒絕，突然眼前一片昏暗，竟然渾身乏力，無法控制自己的身軀。

「妳──」

「放心吧，好好睡一覺，醒來什麼都不會記得了……」

齊修閉上了眼，暈倒在地，而他昏迷前，只記得眼前充滿了一片耀眼的紅。

直到下午，學生們還在不停討論著首席名單時，一條重大消息再次投入流言的池子裡。

「喂，聽說沃倫和慕梵現在在訓練室決鬥！」

「什麼？不可能吧？他們都不是那麼衝動的人啊！」

「聽說是沃倫的手下被發現昏倒在慕梵的宿舍外，沃倫去找他對質，兩人就吵起來了。」

「走走走！去看看熱鬧！」

隨著眾人的腳步，方才的女孩再次出現，她跟著抵達訓練室，看著已經戰在一起的慕梵與沃倫，也深深覺得不可思議。本來只是準備稍微動些手腳，擴大兩人的矛盾，沒想到一下子點燃了導火線。

沃倫就罷了，慕梵是那麼好鬥的人嗎？

「難道是上回毒素的影響，還沒有清除？」

彷彿是說出她心聲似的，旁邊傳來一人的喃喃自語。

「伊索爾——伊爾同學。」她一驚，隨後裝作平靜道，「是不是殿下上次中了毒之後，還沒完全恢復啊？」

伊索爾德對她點了點頭，道：「殿下幼時受過一次襲擊，留下了暗傷。大概是殘存的毒素和舊傷作用，讓他變得暴躁。他平時不會如此，再繼續下去的話……」

「會怎樣？」

「我擔心殿下會再次暴走。」

她驚訝，「有那麼嚴重？可是，蕭奕巳同學不是已經壓制住他了嗎？」

「那只是一時的……糟了！」伊索爾德低喊，「殿下開始失控了！」

女孩循聲望去，只見慕梵裸露在外的皮膚開始浮現銀色斑紋，整個人變得冷厲而恐怖。

「再這樣下去，恐怕會變回鯨鯊——」不等伊索爾德說完，她已經跑離了訓練場。

開什麼玩笑！她的計畫裡根本就沒有這一步！她只是想挑撥慕梵與北辰的關係，再順便拉沃倫下水而已。

她可不想把自己的性命也葬送在這裡！

對了，毒素的話……解藥！

女孩匆匆跑回宿舍，解開了好幾層包裝，取出一個小瓶，剛想跑到外面去，卻聽到身後一聲輕笑。

「果然在妳這裡，黛爾。」

她一驚，回頭看到一個人好整以暇地站在門口，那雙眼睛好似看破了她一切伎倆。

星法學院新晉首席有奕巳，正在這裡守株待兔。

他們計畫中的獵物，也如期上鉤了。

黛爾眼中閃過一絲慌亂，隨後在所有人未反應過來前，將整瓶藥水灌入自己嘴中，並用異能將瓶子毀屍滅跡。做完一切，她看向有奕巳，微笑道：「蕭同學擅闖女生宿舍，傳出去……恐怕不太好聽吧？」

「我我我我的天！」一旁沈彥文目瞪口呆，「她也太狠了吧！」

有奕巳也有些驚訝，沒想到黛爾被抓住把柄後，能這麼迅速地毀滅證據。要知道即便是解毒劑，也可能帶有危險性，喝下去不知道會有什麼副作用。

也是，她的確心狠。如果不心狠，又怎會想到利用身邊的人呢？

但是……

「妳以為這樣就沒事了嗎？」

有奕巳氣笑了，大步上前，一把撐在後面的牆壁上。

「妳以為這點小把戲，就可以讓妳逃脫制裁？」

黛爾緊貼在牆壁上，看著那雙隱藏著怒火的眼，彷彿墜入冰窖。她差點忘了眼前人的身分，他不僅是新任首席、跨階異能者，更是曾在入學測試上，將上百個人耍得團團轉。

「的確，在妳已經毀滅證據的情況下，即使我們指證妳，也不能真的把妳怎麼樣。但是，妳忘了一件事……」有奕巳笑，「就在今天，我剛剛晉升為首席。」

黛爾疑惑地看著他。

「首席的命令，所有人都必須聽從。如果我將這消息傳出去，哪怕只是流言，其他人會怎麼看妳？」有奕巳道，「不僅如此，我會下令所有星法學院的學生都不得與妳來往。」

「別開玩笑了！」黛爾失笑，「我會怕這些小事？」

「妳會。」有奕巳說，「有些人可能什麼都不會做，但那些喜歡落井下石的人，卻會如附骨之蛆一樣圍上來。即便我不繼續下令，妳也別想在這裡安然度過。今天妳也看到了，連齊修那樣的人都會被人針對，而到時候的妳，只會比他慘上百倍。妳想像過，從早到晚，都被當做低人一等的生物欺凌的樣子嗎？」

有奕巳笑看著她，「無論是休息時還是上課時，身上都帶著異類的標籤，都要面對他人鄙斥的目光。妳會覺得，自己就像一隻最低等的蛆蟲，做什麼都是錯的，沒有自尊，沒有喘息的時間，活著就像個幽靈。」

他湊到她耳邊，「到時候，妳最重視的名譽和利益，都將成空。」

黛爾的臉上開始露出惶恐。

校園霸凌做到極致所產生的後果，恐怕是任何人都無法承受的。人類是群體動物，而群體產生的排擠，會讓被孤立的個體，徹底失去共存空間。

這並不是一個簡單的威脅，有奕巳真心打算毀了她。

「或者妳可以向背後指使妳的人求救，但是他們願意為了一個沒用的棄子，浪費這麼多資源嗎？」有奕巳認真地看著她，「我會讓妳生不如死。」

黛爾崩潰了。她從沒想過，一向笑臉迎人的蕭奕巳，露出這樣表情時會如此恐怖。

「不，你不可以這麼做！你沒有權力——」

「我有。」有奕巳冷聲道，「我說過，無論誰傷害了我重要的人，我都會讓他十倍奉還。」

「黛爾菲恩·哈默。」沃倫不知什麼時候出現在門口，「妳最不該做的事，就是惹怒不該惹的人。」

黛爾看著沃倫和他旁邊的慕梵，王子殿下哪有半點失控暴走的跡象？這一刻她明白了，全都是計謀，為了讓她露出馬腳的計謀。

有奕巳輕聲道：「在妳嘗夠痛苦前，我是不會放妳走的。」

黛爾已經害怕到渾身顫抖的地步，她掙扎著向其他人求救，楚楚可憐道：「哥哥，救我！」

沃倫避開她：「我可不知道，我有一個會背地裡坑害我的私生女妹妹。」

「救我！我不想這樣，不要讓他害我！」

她爬到慕梵身前。

慕梵低頭看她，「他是在救妳。」

他挑起女孩的下巴，冷淡道：「現在妳唯一的自救方法——告訴我們指使妳的人是誰。」

見她還在猶豫，有奕巳冷冷道：「我大可以用異能逼妳說出實話，不過在這種情況下，我可不保證妳的大腦能完好無缺。」

與包法利那次不同，在本人極其抗拒的情況下用異能拷問，會對大腦造成不可挽回的影響。

黛爾腦海裡一片混亂，看著周圍人冰冷決絕的面孔，茫然無措。她只是踏錯了一步，就要遭受這樣的懲罰嗎？難道就不允許她做錯一次嗎？

她只是不甘心，因為一個名分而輸給別人。

作為一個不被哈墨家承認的私生女，她費心來到北辰，結識各種人物，只為了實現自己的目的——像沃倫·哈默那樣，堂堂正正地以家族繼承人的身分出現！

她想獲得她本該得到的，有什麼錯！

「我沒錯，我只是想爭取更好的，有什麼不對——！」

被逼到絕境的黛爾菲恩尖叫一聲站起來，衝向有奕巳。

「你們不也都是如此嗎！」

有奕巳冷眼看著她衝來，再被慕梵一掌擊下。慕梵出手毫不留情，將女孩狠狠甩到牆面上。

有奕巳蹲下身，看著她，「妳的想法沒什麼不對，只是用錯了方法。和妳不一樣的是，用骯髒手段得來的東西，我不屑要。」

他開始使用異能控制她的大腦，只是在看見她掙扎痛苦的眼神時，忍不住問：「許多多的事，妳有沒有猶豫過？」

黛爾菲恩自知逃脫不了，自暴自棄地笑，「猶豫？我只是利用他而已。你同情他、可憐他？你這個偽善的小人，如今不也是什麼都做不到，哈哈哈！你……」

有奕巳突然笑了，站起身。

「各位抱歉，我想改變一下策略。」

所有人看向他，只聽他緩緩道：「關於殿下的中毒事件，調查的結果是黛爾同學被人利用，她迷途知返，及時向我們供出了背後的謀劃和指使者。目前為了她的安全，暫時隔離不能接見外人。你們說，這個主意怎麼樣？」

慕梵眼眸閃了閃，「守株待兔？」

「那些人會上當嗎？」沃倫問。

「不一定要被動地等他們上門。」有奕巳說，「我們只要將消息傳出去，自然會有結果。」

「我記得，她應該還有一個母親住在中央星系，不知道幕後主使會怎麼對付她的母親……」沃倫說。

黛爾菲恩尖叫，「你不能這樣！我的母親是無辜的！」

「要對你母親下手的不會是我們，而是妳與虎謀皮的那群人。」慕梵說，「她的確無辜，但她將為妳做出的事付出代價。」

黛爾菲恩崩潰地嘶吼，卻沒有人理睬她。

一場引魚上鉤的戲碼，到這裡落幕。

黛爾菲恩被慕梵的手下押走，王子的特殊身分在這時有了用處。至於校長那裡，自然有有奕巳去解釋，也算是某種程度的特殊待遇。

散場時，沈彥文忍不住問：「為什麼不直接拷問出幕後的人？」

「你以為她真的知道什麼嗎？」有奕巳失笑，「像這樣丟之即棄的棋子，其實沒有太多價值。而且現在拷問出來，我們又能做什麼？」他反問，「如果最後發現幕後人是議長，是首席大法官，我們該怎麼做？立刻站出來指責，只會被世人認為是瘋子吧。」

歸根結柢，還是他們的力量太弱小，慕梵地位雖高，但是在共和國也受到不少限制，何況他背後還有一群虎視眈眈的人。

有奕巳猜測，那些策劃計謀的人大概早就備好了後路，即便真的拷問出什麼，到時也能推得一乾二淨。

「那現在這樣又是什麼？」

「是警告。」有奕巳說，「消息放出去後，能告誡那群人，我們已經掌握了他們的把柄。最起碼這段時間裡，他們不會再輕舉妄動。只要再給我幾年時間⋯⋯」他低著頭，將接下來的話埋在心裡。

再給他一些時間，等到他擁有足夠的能力與地位，就會讓那些利用過他、傷害過他重視的人的傢伙們，付出代價。

有一句話黛爾菲恩說的沒錯，每個人都想往上爬、更進一步，這點無可指責。只是一旦野心超過能力，誤入歧途，只是自毀前程罷了。

有奕巳想，自己永遠不能走錯那一步。

黛爾菲恩的消失，沒有在北辰掀起什麼風浪。一切消息只在暗中傳開，明面上，一個學生的退學，引起不了多少人注意。至於私底下的波濤暗湧，又是另一回事了。

有奕巳得到首席位置後，開始忙碌起來。

忙著應付應接不暇的守護學院學生們，忙著管理年級秩序，忙著翻閱文獻。期間，他和慕梵算是盡釋前嫌，兩人不再重提過去的事，反而互相留了聯絡方式，時不時會聯繫一下。

有奕巳在燈泡王子那裡得到了不少隱祕的情報，有這樣一個合作伙伴，也是不錯。

就在這學期過了一個多月時，莫迪教授一臉雀躍地來找有奕巳。

「通過了！」莫迪興奮道，「我就知道你可以的！你有天賦又努力，做出的成果一定會得到認可！」

這時有奕巳正在處理著手下次席，也就是伊索爾德交過來的一週年級彙整。

「教授，您冷靜一點，您指的是什麼？」他頭疼地道。

「就是你上學期寫的那篇論文！我幫你投了期刊，終於收到回覆了！」莫迪說，「《星法》的總編回信給我，他們會在下周的月刊上刊登你的論文！」

《星法》期刊?!

有奕巳瞪大了眼，有點不相信自己的耳朵。這家學術期刊，在業界的權威性眾所皆知。打個比方，就比如二十世紀的《百科全書》在學術界的地位一樣。

還不明白，那再直白點。

有奕巳的論文登上《星法》期刊，就相當於一個高中生的作文得了文學獎第一名一樣。

他要紅了，全星際範圍內的。

而與此同時，北辰第三艦隊被送上軍事法庭的消息，逐漸在外界傳開。

風雲變化，權位交替，只在眨眼間。

第二十六章　龍臥於野（二）

「《星法》的最新一期你看了嗎？」

「昨天剛出刊我就在星網上看了。」

「這算什麼，我已經預定了實體版，下周就會寄到！」

另外幾人羨慕道：「這麼好？」

「嘿嘿，我姐夫是編輯部的，我偷偷先跟他要了一本，聽說這個月的期刊早就賣光了。」

新的一週開始時，在學生間熱議的，不再是兩個學院間的八卦，或者守護學院今天又有多少人被蕭首席拒絕，而是最新出版的權威刊物《星法》的頭版文章。

《危險行爲之接受——以被害人自我答責爲視角》

這是本期《星法》期刊上最熱議的一篇論文。

之前學界的普遍觀點是，只要被告人的行為構成了侵害，並達到需要被《星法》規制的程度，被告人必須承擔全部的刑事責任。但出乎意料的是，該論文的論者提出了一個新的觀點——如果被害人對侵害結果的產生也有責任，就可以減少被告人的責任承擔。

他略舉了兩例。一例是，兩名異能者爭執鬥毆，如果被害人一方先挑釁對方而引起侵害，被害人也必須對自己的挑釁行為負責；另一例是，如果一個少年明知自己沒有資格駕駛機甲，說謊騙過了機甲駕駛公司，即便因為駕駛公司的機甲而受傷，被害人也應自行承擔部分責任。

自己行為自我負責，這就是被害人自我答責的要旨。

在論文最後，論者總結道：被害人與控方的控訴權不應漫無邊際地擴大，應在合理範圍內使用。被告人的辯護權，在目前的星際法治環境中受到過多忽視，這並不是好現象。

此論文一出，瞬間在學界引起鬨然。畢竟在此之前，從沒有人想過，事件的受害者也要對自己的受害負責。

這本就是一篇引起爭議的文章，而在看到最後署名的蕭奕巳三個字時，很多人都傻了。這麼陌生的名字，是從哪裡冒出來的？

不查還好，一查更是讓所有人大吃一驚。

這個蕭奕巳只是一名學生，而且還是個剛入學沒多久的一年生！

蕭奕巳的身分暴露後，引起了軒然大波。大部分學者認為，這是一個還沒有學術基礎的黃毛小兒隨口說說，對這篇論文的學術性產生質疑；只有少部分學者表示蕭奕巳的觀點給了他們新的啟示，這有可能會將現在的控辯模式導向新的方向。

一時間，反對和支持論點的學者們紛紛各據一方，各種相關論文如雨後春筍般往外冒。

學界的騷動是一回事，而對不關注學界風波的一般民眾而言，蕭奕巳簡直是個明星人物。尤其是在知道對方還是個未滿十六歲的少年後，連新聞媒體都圍了上來。

《天才少年挑戰學術爲哪般？》

《北辰十六歲天才，論文背後的祕密》

《天才不是一日練成的，回顧蕭奕巳的入學考試》

「這裡還有——《蕭奕巳與慕梵不得不說的故事》。喂喂，這家八卦雜誌，直接把你和慕梵一起寫進去了，賣點十足啊！」

沙發上，沈彥文一邊翻閱雜誌，一邊哈哈大笑，還時不時詳讀一遍。

有奕巳忍無可忍，摔下手中的筆，「夠了！你再吵下去，我就讓食堂一個月都給你吃素。」

「喂，你這是在濫用職權！」沈彥文抗議。

「我就是濫用，怎樣？就看你識不識時務了。」有奕巳皮笑肉不笑。他現在人都忙翻了，沒有心力再對付這個聒噪的傢伙。

事實上，無論是莫迪教授，還是有奕巳都沒料到，他的這篇論文會引起這麼大的波瀾。說實話，外界稱他為權威的挑戰者、不知輕重的黃毛小兒，有奕巳覺得有些無辜。他只是把二十一世紀學到的觀點，結合起來寫了一篇論文而已，怎麼知道這個更加先進的時代，反而接受不了？

直到前幾天他才發現，星際時代的科技發展迅速，但在文史哲方面卻出現了斷層。關於人類基因大進化前的社會科學類書籍，都消失殆盡，文化的傳承出現了明顯的落差。之所以遲遲發現這一點，是因為在有銘齊留下的徽章中，恰好卻保留了從古地球時代至今為止，所有學科的各種書籍。

這些書，在外面的圖書館竟然是沒有的！

是的，徽章裡的大部分書籍都是絕版書。這時候，有奕巳才徹底明白了這枚徽章的價值——無法衡量。

記載了一個文明的所有精粹，根本難以計算價值。

有奕巳想，或許這才是萬星家族真正的遺產。

在把沈彥文趕走後，有奕巳終於有了片刻喘息時間，他得好好想想要怎麼應對這次的論文風波。正在首席大人冥思苦想時，通訊器滴滴響了兩聲。

「不得不說的故事，第一篇第一章。從下飛船的那刻起，他看到那個纖細文弱的人，心臟就一陣劇烈地悸動。一瞬間，他明白自己遇到了命中註定的人。在這一刻，慕梵下了一個決定，他……」

打開這條訊息，只掃了一眼，有奕巳就忍不住刪了，並迅速回覆道。

「太閒了是不是！」

對方悠哉地回覆他。

「鯨鯊並沒有那種球形的器官。而且上面還說，我從見到你第一眼時就……」

「你再複製八卦雜誌上的內容，我就封鎖你。」

有奕巳實在是不明白，兩人化干戈為玉帛後，慕梵怎麼像是變了一個人似的？

事實上，慕梵只是以逗弄有奕巳為樂而已。

「我只是要告訴你一件事。北辰第三艦隊的新聞，你知道嗎？」

「請一次性說完。」

真是個沒耐心的傢伙。慕梵無奈地笑了笑，發送了訊息。

「這次不僅是針對軍隊中的高級官員，還有當時參與導彈發射的士兵，也被告上了軍事法庭。我剛才拿到了名單，我在想，也許有你關心的人……」

慕梵這邊正準備繼續發送訊息，一個影音通話就撥了過來，他手一抖，不小心按了拒絕。

「……」

他又連忙回撥，果然一打開，就看見有奕巳擺著一張臭臉。

慕梵想了想，開口道：「剛才……」

「那個名單確定嗎？」有奕巳打斷他，「消息是否可靠？」

慕梵挑了挑眉，「相當可靠。在最近一週內，所有人都會被各級軍事法庭起訴。」

有奕巳聞言，露出一絲擔憂，急匆匆地就想掛斷電話。

「謝謝，我有事需要出門一下，先告——」

「你不問我名單裡有誰？」慕梵追問。

「還能有誰？」有奕巳道，「殿下你這麼有能力，應該早就查清楚了才聯繫我的吧？先告辭了！」

眼看著畫面變黑，慕梵覺得有些無趣。最近他算是發現了，和太聰明的人說話缺乏成就感。

一旁，目睹了殿下豐富的表情變化的梅德利，斟酌著開口道：「殿下，您好像格外關注這位蕭奕巳？」

「關注？」慕梵反問，「或許吧。也許是從一開始，我隱約就有所察覺，他是——」萬星家族的人。後面幾個字，慕梵沒有說出口。

再抬頭時，只見梅德利一臉糾結地看著自己。

「殿下，請您慎重考慮！」

慕梵不解地問：「什麼？」

梅德利悲憤道：「雖然屬下沒有資格干涉您的終身大事，但是陛下是絕對不會同意的！」

「……你究竟在說什麼？」

梅德利恨鐵不成鋼地道：「殿下，不要再裝糊塗了，請您三思啊！」

不得不說，那篇刊有《蕭奕巳和慕梵不得不說的故事》的雜誌確實賣得很好。

此時，渾然不知自己的八卦已經突破天際的有奕巳，正在匆匆趕往柏清家的路上。這條路他開學前走了不下十遍，記得清清楚楚，而等趕到柏清家裡時，有奕巳才發現，有時候即便選對了路，卻依舊等不到想要的結果。

柏清與他的母親搬走了。

不知是什麼時候動身的，沒有通知他，也沒有與他告別。他傳了訊息給對方，也只得到一個敷衍的回應。

「小奕，別掛心哥，過好自己的生活。」

有奕巳茫然地望著這棟空屋，有些無措。

為什麼？他只是想給柏清一個安靜的時間，只是想先處理完手中的事……為什麼命運就連這點等待的時間，都不留給他？

北辰最初接納他的一家人，竟然就這樣從他生活中消失了。就在他剛以為自己有能力保護重要的人的時候！

總是這樣。

有奕巳忍不住發洩般地踢了一下地，卻不慎扭傷腳踝。

真是夠了！

冷靜下來後，他想了想，覺得也不是沒有辦法查到柏清搬去哪了，只是這件事，目前還不能驚動其他人。有奕巳考慮了許久，最後還是不得不傳了封訊息給某人。

「可以幫我一個忙嗎?查一下第三艦隊柏清現在的住址。如若相幫，必有回報。」

收到訊息後，慕梵的視線在最後一句話上停了好久，隨後開口：「梅德利，去查一個人的情報。」

梅德利忐忑地問：「不會又是蕭奕巳吧？」

「不是。」慕梵淡淡地回答。

梅德利鬆了口氣。

「是他的一個朋友，柏清，北辰第三艦隊軍人。查清楚，一小時內回報給我。」丟下這句話，慕梵就去忙自己的事了。

梅德利心裡差點吐出一口血，對著自家殿下的背影伸出手。

殿下，鯨鯊與人類沒有未來……

跨種族是不能繁衍後代的！

八十七、八十八、八十……九十九、一百！

汗水從額上滲出，順著臉部蜿蜒的曲線流到下巴，最後滴落在地，留下一個淺淺的痕跡。

有琰炙放下槓鈴，旁邊的健身機器人自動飛過來，開始整理器具。在一旁等候已久的管家，立馬小步走上前。

「少爺，這是您要的消息。」

「嗯。」

隨手拿過星腦，有琰炙查看起管家發送的消息，上面有著一個人從早到晚的生活起居、每日飲食、日常大小事等等……

「這是最新的《星法》期刊。」管家恭敬地遞上來。

有琰炙翻到蕭奕已寫的那篇論文，細細讀了一遍，然後闔上期刊，問管家道：

「他今天出門了？」

「是的，少爺。」

「去找誰？」

「應該是在北辰認識的第三艦隊的友人，但那位中校已經搬離北辰主星了。」

管家回復道。

也就是說，沒找到人。

聯想到北辰第三艦隊最近出的新聞，有琰炙大概也猜得到出了什麼事。而對有奕巳來說，他不會輕易放棄這個朋友，但如果他想幫助這位中校，必須先找到對方現在的住址。

有琰炙想了想，道：「去查一下……」

「關於這件事，少爺，」管家卻冒昧地打斷了他，「其實之前在搜集情報的時候，我發現了另一個消息。」

有琰炙長眉一挑，還沒有說話，管家就猜出他要問什麼。

「是亞特蘭提斯王子，聽說他最近與這位殿下接觸頻繁。」

啪的一聲，管家抬起頭，只見有琰炙用力地關上星腦，抬頭看了過來。一雙淺色的眼眸，彷彿含著寒冰。

「賽巴斯。」他聲音壓低，「幫我準備一下，我要向學校遞交騎士契約申請。」

管家心裡一驚，仍恭敬地低下頭，「是。」

有琰炙擦乾身體，再次進入訓練房。這一次他選擇了高強度的模擬對戰，像是要發洩什麼一般，將對戰機器人揍得砰砰作響。

目睹一切的管家在一旁感嘆，沒想到上將煩惱多年的事，竟因一個憑空出世的少年就解決了。

少爺終於願意簽訂騎士契約了。

只是，看著訓練中的有琰炙，管家又想起今早的八卦新聞，不禁開始擔心起來。自家少爺陷入多角戀，該如何是好？是不是應該找人諮詢一下？

慕梵的效率很高，當天下午他就得到了柏清的新地址。

那對母子搬離到北辰的一個鄉下星球，目前整個第三艦隊都在休假，柏清應該會在那裡待很久。

然而軍校上課期間，任何學生都不能無故離開主星，有奕巳開始煩惱了，該找什麼理由出門一趟才好……

機會很快就送上門了，這天，守護學院的負責人前來找他。

「蕭奕巳同學，關於你的守護騎士的事，已經耽擱很久了，你是否心裡有所打算了？」

「我暫時還不想……」等等，或許這是一個機會。有奕巳換上笑顏，道：「我十分感激各位師兄師姐的厚愛，關於守護騎士的事，我想慎重一點。」

對方兩眼放光地道：「也就是說，你已經有想法了？」

「事實上，關於這個問題，我也想諮詢一下，在校期間一名學生究竟能與幾位騎士簽訂契約？」有奕巳道。

「一般來說，都是一到兩位，但其實是按照候補生的精神力狀況來決定的。精神力強度越強，契約對象就能越多。當然，我想這對你來說不是問題。」負責人道，「多多益善嘛。反正對你來說，精神力肯定夠用的。」

有奕巳的異能與精神力強度可是得到過慕梵認可的，沒有人懷疑這點。

「慎重起見，我想先只選三位。」有奕巳道。

負責人為難道：「但是申請的人這麼多……」如果只挑三位，那簡直比入學測試的機率還低了。

「所以這種情況下貿然拒絕任何一人，都是對他們的不尊重吧？」有奕巳緩緩道：「而且還有在外實習的四年級的師兄師姐，不能因為他們不在主星，就排除在名單外啊。」

負責人連忙點頭。如果真的將他們排除在外，那幫高年級生回來以後，一定會恨不得將他抽筋扒皮。

要知道，有奕巳現在在各個年級都很受歡迎。有人傳言說，當時克利斯蒂拒絕沃倫．哈默的申請，其實大部分是出於私心。一想到連四年級首席都可能覬覦著有奕巳的騎士職位，這位學院負責人只覺得壓力非常大。

有奕巳彷彿看出他在想什麼，微笑道：「我這裡有個提議，不知您意下如何……」他壓低聲音，湊到負責人耳邊說了幾句。

聞言，負責人兩眼放光，連連點頭。

「就這樣！那我先去跟校長申請！蕭奕巳同學，十分感謝你的建議，真是太有幫助了！」

看著負責人走遠的身影，有奕巳默默揚起嘴角。

外出的機會，終於有了。

一週後，所有正在上課、有資格招收守護騎士的星法學院候補生們，都收到了一條通知。

「百萬騎士正在向你招手：想要最適合你的守護騎士嗎？想要最忠心的伙伴嗎？想要和你攜手一生的人嗎？快參加北辰舉辦的第一屆騎士候補生試煉大會。在這裡，你可以找到自己心儀的那個他。」

看到這則像相親廣告一樣的訊息，有奕巳的眼皮跳了兩下，北辰宣傳科的水準，真的有待提高……

「所以，這又是你搞出來的東西嗎？」伊索爾德指著自己收到的訊息，「連我都收到通知了。」

「咦，為什麼我沒有？」沈彥文感到不解。

「我只是提了個建議。」有奕巳道，「候補生和守護騎士的契約，總是沒有具體的章程。管理和匹配度方面，也一直沒有人考慮過。我只是覺得也許需要一個正式的場合，來精心挑選自己的騎士。」

「什麼場合，什麼通知？」沈彥文。

「這次地點選在四年級生實習的雷文要塞。」伊索爾德說，「那裡靠近北辰邊境……這就是你的目的？你究竟想去做什麼？」

有奕巳笑了笑，「我只是想去散散心。」

「不要忽視我啊！」沈彥文終於忍不住掀桌了，「你們把人拋在一邊討論什麼通知？我怎麼沒收到？」

有奕巳摸了摸他的亂毛，安慰道：「不要氣餒，這次沒收到通知不代表你不合格，別對未來失去信心。」

收到通知的，只有被學院認可已經有資格招收守護騎士的候補生。沈彥文沒收到，那就意味著……嗯，不言而喻。

看著有奕巳憐憫的神情，沈彥文心想，可惡，好想揍他！

伊索爾德笑而不語。

學校將舉辦大規模的相親，不，守護騎士契約試煉的消息，很快在學生中傳了開來。而且北辰軍校動作非常迅速，第二周就將所有學生送上了穿梭飛船，似乎是巴不得將他們趕緊送出去，回來的時候好成雙成對。

只是有奕巳的情況比較特殊，他登上飛船時，受到了來自各方的視線問候，有友好的，當然也有不善的。作為一個一年生，他在同年級間累積了足夠的名聲，但是做人不夠低調的結果，便是很多高年級的星法學院學生，對他的態度並不友好。

相反的，守護學院那邊的態度出奇一致。

「蕭同學你累了嗎，喝口水吧！」

「蕭同學，一會飛船要進行空間跳躍，要不要先回去休息一下？」

看著周圍獻媚的守護學院學生，有奕巳早已感受到來自另一個陣營的灼熱視線。他在本學院高年級的名聲不好，大概也和守護學院這些人的態度有關吧。

「試煉還沒開始，有空在這裡獻殷勤，不如在真正的較量中好好表現。」衛瑛從角落裡冒出來，冷臉趕走了那群黏著有奕巳的人。在這一點上，態度溫和的伊索爾德，都沒有她的出現有用。

「謝謝。」有奕巳道。

「不用。我事先聲明，我會憑實力爭取你的守護騎士的位置。」衛瑛直直看向他，眼神堅定，「請你也不要因為我們熟識，或者因為我是女孩，而故意放水讓我通過。」

「我當然不會。」有奕巳正色道，「如果妳獲得資格，也只是因為妳夠優秀。」

衛瑛難得地露出了笑容，對兩人點了點頭後，回到自己的隊伍中。

「真是個堅強的女孩。」伊索爾德感慨，「第三艦隊的指揮官是她叔叔吧，現在出了這種事，卻不見她有半點慌亂。」

「無論外界發生什麼，堅持做自己能做到的事來幫助家族，而不是一味地慌亂失措，才是真正的強大。」有奕巳也佩服道，「在這一點上，我也不如她。」

下一刻，兩人便看見衛瑛在路過齊修時故意絆倒人家，並且裝作沒事地離開了。

有奕巳無語。

「咳咳，每個人都有不得已的原因吧……」伊索爾德解釋道。

衛瑛總是針對齊修的敵視態度，也是北辰十大未解之謎之一。

然而，有奕巳還來不及操心別人的事，很快又有了自己的煩惱。他在去廁所的路上，被人堵住了，而且對方還是——

「我們需要好好談談。」

有琰炙的白金色短髮，連在廁所這種地方都閃閃發光著，簡直是自帶特效的人型立牌。

有奕巳不自覺地後退一步，感覺有股壓力從對方身上傳來。

「我想，無論你們要談什麼，這裡並不是合適的地方。」

又一個聲音從門口傳來，兩人同時回頭看去，是慕梵！

那一刻，有奕巳覺得自己好像看到了人生的終點。

第二十七章　龍臥於野（三）

CHIEF PROSECUTOR OF THE GALAXY

「你怎麼在這裡？」有琰炙率先發問，「如果我沒記錯，慕梵師弟你並沒有騎士資格。」

「的確沒有。」慕梵笑了笑，「所以我並不是為了成為某個人的騎士或附庸才來的，而是被學院邀請……也許他們需要一個鎮得住場面的人。」

有琰炙冷哼，「一個時不時就發瘋的傢伙？」

「不牢師兄操心，這裡正好有可以壓制我的人。」

眼前的兩人似乎從開學以來就一直不對盤。對誰都擺出偽善笑容的慕梵，偏偏在有琰炙面前口不留情；向來冷漠的有琰炙，似乎總會在慕梵面前多說一句——當然不是好話。

有奕巳一邊聽著他們爭鋒相對的對話，一邊打算偷偷從另一個門繞出去。好了，只差一步，就可以逃離這裡……

「你要去哪？」

在走出去的那一刻，兩隻手一左一右，抓住了他的胳膊。

「我好像看見某人打算腳底抹油。」慕梵道。

「你再逃跑試試？」有琰炙眯起眼，帶著危險。

有奕巳欲哭無淚，他們好好地去旁邊吵架不行嗎？

「關於黛爾芬恩的事，我有些後續情況要告訴你。」慕梵很快為自己找到了理由。

「啊，這的確比較重要。」有奕巳站住了。

有琰炙愣了一下，冷冷瞥了眼慕梵，對有奕巳道：「別忘記我上次對你說的話。晚上，我去你房間找你。」

說完，整個人就帶著無比寒冷的低氣壓走了，臨走前有奕巳好像還在聽他念叨著什麼出門不利、方位相沖之類的話。

有奕巳想，他這位大表哥的迷信是好不了了。

「說吧，黛爾菲恩那邊怎麼了？」只剩兩人後，有奕巳嘆了口氣，開口問道。

「你還記得，開學時找你碴的那些二年級法官候補嗎？」

「當然記得。」

不對，這件事慕梵怎麼會知道？自己並沒有向他提起過啊。

有奕巳懷疑地看向慕梵，只見對方微微一笑，「我聽過傳聞。」

……姑且當做是他聽說的吧。

「那些人怎麼了？」

「我的屬下從黛爾菲恩嘴裡拷問出來，當時那些人也是被她慫恿，但是她一個剛入學的一年生顯然沒有這麼大的能耐。事實是，她還有另一個合作伙伴，這個人你也認識。」

有奕巳思索了一下後，沉聲問：「米菲羅・卡塔？」

慕梵讚許地揚了揚眉，「這一次，他也在這艘飛船上。」也就是說，米菲羅・卡塔也參與了這次騎士挑選。如果對方又想耍什麼手段的話，有奕巳就有得忙了。

除掉了一個敵人，還會有成千上萬個敵人在等著……有奕巳總覺得，這次旅程也不會太平靜了。

慕梵繼續問：「這次在雷文要塞，你準備什麼時候行動？」

「什麼意思？」

「去找柏清。」慕梵看向他，意味深長道：「這才是你提議這次試煉的真正目的，不是嗎？」

柏清與母親暫居的小星球，就在雷文要塞附近。

確實，有奕巳一開始就是為了這個目的才提出試煉的建議。當然，試煉本身也有它的重要性，並非完全無用。

「不管你打算做什麼。」慕梵道，「提醒你一件事，不要離開要塞的守備範圍太遠。」

有奕巳皺起眉頭，不解地問：「有什麼情況？」

「你不知道嗎？」

慕梵斂起笑容，聲音中多了些莫名的意味。

「附近，就是沉默之地。」他道，「鯨鯊與萬星的墓地。」

對上那雙眼，有奕巳不由得打了個寒顫。

慕梵說這句話時，眼中已經沒有了平時禮節性的偽裝，而是赤裸裸地流露出壓迫感。望著那雙眼睛，如同在與深淵對視。

有卯兵與帝國最後一役之地，那場激烈戰鬥造成的能量衝擊，將戰場附近的星域都變成死地，至今為止還遺留著相當規模的輻射，會對人體造成極大傷害。因此共和國將那邊劃為禁區，稱為沉默之地，如今早已成為傳說。

對於人類來說，兩百年已經足夠繁衍幾代人，即使對於壽命悠長的鯨鯊來說，這段歲月也已足以讓當年無知的幼童成長為青年。在慕梵看來，這個沉默之地並不是遙遠的故事傳說，而是他唯一兄長的葬身之地。

「我不會去那裡打擾英靈的，你放心。」他向慕梵保證道。

「事實上，即便你去了我也不會介意。」沒想到，慕梵卻這麼說，「我提醒你只是告訴你，在有足夠自保之力之前，不要接近它。」

「什麼意思，是因為裡面的輻射？」有奕巳皺眉。

慕梵露出一個意味深長的笑容，不再說什麼，而是揮了揮手轉身離開。

「……真的很討厭這種說話說一半的人。」有奕巳心情糟糕道。

這樣勾起他的好奇心又不解釋清楚，簡直是太差勁了！在心裡給慕梵打了一個大大的叉，有奕巳鬱悶地離開了廁所。

「怎麼去了那麼久？」伊索爾德問他。

「遇到了一些事。」有奕巳問，「對了，伊爾，當年最後戰役時你出生了嗎？」

「沒有，我是在戰役後一百年才出生的。」

那至今也有一百歲了啊……有奕巳約略算了一下友人的年齡，有些汗顏。

「在帝國我這個歲數還不算成年呢。」伊索爾德笑了笑，「就算是殿下，也是前年才舉行成人禮的。」

「慕梵才剛成年?!」有奕巳不敢置信，「他不是都兩百多歲了嗎！」

「越是強大的物種，壽命越長，生長週期也越緩慢。鯨鯊擁有所有物種中最優勢的基因，因此也最晚成年。」伊爾奇怪地看著他，「你怎麼了？」

「沒什麼。」只是有奕巳一想到，自己一直以來都是和一個剛成年的「小鬼」打交道，就感到十分彆扭。

伊索爾德敏銳地問：「是殿下跟你說了什麼嗎？」

「沒有，我只是突然想起來，慕梵那麼看重他兄長，總讓人覺得很在意。」有奕巳說。

伊索爾德嘆了口氣，「對於慕梵殿下來說，大殿下與其說是兄長，不如說是父親。他從小跟在大殿下身邊，感情比與陛下還深厚。尤其是在王妃過世，殿下遇上刺客後……」

「刺客？」

「不，抱歉，請務必當我沒說。」伊索爾德立刻住嘴，露出尷尬的表情，過了一會又猶豫道：「其實，殿下在國內的情形並不如想像中風光，他會有現在這樣的性格也是不得已，希望你不要介意。」

「我才沒空和一個小鬼計較呢！」知道慕梵的真正年齡後，有奕巳瞬間有了一種身分上的優越感。「倒是你，伊爾，慕梵對你一直沒有好臉色，你還這麼替他著想，我都懷疑你是不是愛上他了。」

「什麼？」伊索爾德失笑，「我只是……愧疚吧。」

愧疚？有奕巳疑惑。

這一次伊索爾德沒有繼續說下去，有奕巳在他臉上，看到了憂愁的神情。

看來每個人心裡都有著祕密。

他望著窗外的星空，感嘆道：「一帆風順的人生，根本不存在嘛。」

「請注意，一分鐘後本艦將進入雷文要塞，請各位乘客回到自己的艙位。」

在飛船航行了一段時間後，全船通知響起，學生們知道，要準備著陸了。

有了上次入學測試的前車之鑒，有奕巳對這次著陸充滿了心裡陰影，生怕學校又來個空降什麼的。還好北辰軍校沒有這個打算，當雙腳徹底從飛船踏上結實的地面後，有奕巳才算真正鬆了口氣。

「歡迎各位！」

迎接他們的，是雷文要塞的一位副官。

「我是蒙菲爾德，雷文要塞的指揮官輔佐。歡迎各位北辰的師弟師妹來到要塞，接下來這段時間，希望大家能在這裡度過一段愉快的時光。」

從未實際進入過軍隊的軍校生們，好奇地看著這些處在前線的軍人們。作為常年戒嚴的邊境要塞，雷文要塞的駐軍和一般的巡航艦隊不同，他們警戒等級更高，氣氛也更森嚴。

「不過，要是你們在這裡鬧出什麼是非。」副官笑臉一收，換了語氣，「我也會好好盡到師兄的管教責任。在雷文，紀律就是一切。希望到時候……尤其是星法學院的小崽子們，可不要像黃花閨女一樣經不起磨練，聽到沒有！」

學生們連忙回答：「聽到了！」

「說話像小雞一樣小聲，大聲回答我，聽到沒有！」

「聽到了，師兄！」

蒙菲爾德板起臉，「叫長官！小崽子們，記住，和在這裡訓練的四年級生一樣，你們也得喊我長官！沒經過部隊歷練的溫室花朵，你們還不夠資格叫我師兄！」

什麼嘛，明明是他先喊他們師弟師妹的……

所有的北辰學生，徹底體會到了什麼是軍痞。

有奕巳則覺得，這人莫名讓他想起一個熟人，是誰呢……對了，薩丁！那位前任星際海盜，說話也是這個調調。難道其實海盜和軍人，在某種程度上並沒什麼區別？

「好了，蒙菲爾德，不要嚇唬他們了。」

這時，站在副官身後的一名白袍年輕人走了上來。他看起來和這幫學生們差不多大，甚至更年輕些。

「你們好。」白袍人自我介紹道，「我是雷文要塞的研究所主任，西里硫斯·諾亞，你們可以叫我西里硫斯就好。因為要塞位置特殊，受輻射影響，大家待在這裡的期間，我會和醫務組一起觀察你們的身體。」

哇，美人！

很多人看到他的第一眼都是這麼想。西里硫斯沒有副官的痞氣，也沒有一般研究人員的文弱，在他身上，睿智與溫文才是最顯著的氣質。而這種氣質，更顯得他俊秀的容貌出色了幾分。

看到西里硫斯的第一眼，有奕巳就想，這個朋友他交定了。

雷文要塞，作為鎮守沉默之地、與帝國遙遙相對的一座要塞，一直以來都是北辰星系的軍事重地之一。

光是公開的資料上，要塞就有駐軍五十萬人，以及後勤和相關人員十萬。而要塞附近的幾顆居民星，更住著百萬人口。這種規模，相比起動輒上億人口的大星球是不值一提，但已經是這裡有史以來的巔峰人數了。

「在最後一役後，這裡曾經一度變成無人區。直到一百多年前，輻射減弱，北辰才重建雷文要塞，並調集志願者移居到附近的星球。所以，你們目前看到的要塞的每一個防守設施，都是這百年來大家一磚一瓦建起來的。」

領著學生們進入要塞，西里硫斯充當起了解說員。

「諾亞先生！」有人舉手。

他微笑道：「喊我名字就好，雖然我不是北辰軍校畢業的，但也不用這麼生疏。」

「西里硫斯，聽說一百年前要塞附近的農業星球都種不出作物，這裡的人們要怎麼生存呢？」

「很好的問題。」西里硫斯說，「的確，當時本地無法產出糧食，我們只能依靠內星系支援。直到百年前，一位研究員無意間……」

他開始向學生們講解，雷文要塞的開拓者們是如何將一片荒地整治到如今可以安心居住的環境。在這些過程中，他們經歷的犧牲不比當年的戰場少，因此也有人稱之為不流血的戰爭。

「大家研究出了更多能抗輻射的植物，甚至培育了一些只能在輻射環境下生長的植物。」西里硫斯微笑道，「經過多年的研究和清理，目前為止，這些輻射對人體已經不會產生太大影響。」

「好厲害！」有學生佩服道，「西里硫斯留在這裡，也是為了繼續研究嗎？」西里硫斯笑了一下，「雷文要塞最接近輻射區，這裡有其他研究所都無法比擬的特殊環境，在這裡做出無人能及的研究專案，也是我的夢想。」

學生們團團圍住西里硫斯，開始提出各種問題。

本來打算與西里硫斯打好關係的有奕巳，卻不在這些人群中。

因為他被隔離了。

而被隔離的人，還不止他一個。

「抱歉。」隔離他們的要塞工作人員道：「幾位身分特殊，會在要塞內另作安排，請稍等。」

有奕巳面無表情地看了看他右邊的人，慕梵和伊索爾德；再看了看他左邊的人，沃倫·哈默、齊修和有琰炙。

「我有一個問題。」

「請問。」

「隔離他們我可以理解。」他指著自己，「但為什麼是我？」

「因為你和這幾個人關係親密，所以也在隔離名單內，這是為了要塞安全著想，請諒解。」

「那琰炙師兄呢？他是上將的兒子耶。」

「正因為他是上將之子，我們更不能特殊對待。」那名要塞軍官深深看了一眼有琰炙，轉身就走。

好了，現在房間裡只剩下他們幾個了。有奕巳覺得頭痛，自己根本是被無辜牽連的……這算是交友不慎嗎？

「特殊待遇。」沃倫吹著口哨，「聽起來不錯，給我一種貴賓的感覺。」

「是監視好嗎！」齊修道。

「開玩笑而已嘛，做人何必活得那麼明白呢？」沃倫無奈道。「不過，雷文畢竟是一級要塞，防備我們也是應該的。該怎麼說呢，這裡有兩個亞特蘭提斯人，還有來自中央星系的圖謀不軌的傢伙，嗯……」他看向有奕巳和有琰炙，眼中閃爍跳躍的光芒。

「看來兩位也不被信任啊。」

有琰炙淡淡道：「托你的福。」

有王耀上將一直被認為是中央走狗，而中央的最高權力家族是哈默，這句話的確沒說錯。

「不過，我總覺得這裡少了一個人……」沃倫喃喃念道。

不一會，門再次被打開，一個人被捆著手送了進來。

「放開我，我只是去了個廁所！你們不能這麼對我！你們知道我是誰嗎！放開我！」

米菲羅・卡塔，最後一位隔離人員閃亮登場。

「呵，人總算到齊了。」沃倫笑道。

五分鐘後，一名軍官告訴他們，他們將被做安排住進遠離核心區的一處宿舍，並且為了便於監管，將分成兩人一間。

「米菲羅・卡塔、齊修。」

「沃倫・哈默、伊索爾德・海因里希。」

「慕梵、蕭奕巳。」

「——以上就是你們的宿舍分配。」軍官道，「乾階的有琰炙會另外安排，有什麼意見嗎？」

「我有問題。」有琰炙說，「為什麼我單獨一間，而慕梵是雙人間？論實力，他在我之上。」

「因為他實力太高，這裡能壓制住他的，也只有一個人。」軍官看向有奕巳，「我們這裡也是第一次招待鯨鯊，準備不足，安排能壓制他的人在身邊，更安全一點。」

有奕巳聳了聳肩。好吧，沒想到自己和慕梵的事，都傳到雷文要塞了。這個理由充分，有琰炙也無話可說，只是臨走前看向慕梵的眼神，簡直想把他切了生吞。

自始至終，慕梵本人沉默得有些不正常。

「啊——終於可以休息了！」

進入分配的房間，有奕巳鬆了口氣，他解開衣領，重重地往床上一躺。一路折騰了這麼久，他只想好好睡一下。

然而閉上眼睛沒多久，有奕巳就感到一股灼熱的視線盯著自己，忍耐了一會，他不耐煩地坐起身。

「你還要瞪我瞪多久？」他看向慕梵。

亞特蘭提斯王子殿下正站在一片黑暗中靜靜地看著他，活像個幽靈。

「感覺到了嗎？」幽靈開口。

「什麼？」

「氣息。」慕梵走向窗戶，「遺留在這裡的，和我們血脈相連的親人的氣息。」

「怎麼可能，你胡說什……」有奕巳正想取笑他，卻驀然愣住。胸前的徽章像是受到什麼召喚般，自己亮了起來。

慕梵的視線轉移過來。

「果然，萬星的意志也殘留在這裡。」

「即使這裡有什麼，也都是兩百年前的事了。」有奕巳拿出徽章，發現它除了在發光，並沒有別的異樣，「這是怎麼回事？」

「是警示。」慕梵低聲道，「提醒我們，敵人就在附近。」

「什麼意思？」

這一次，燈泡王子不再開口了。

這傢伙越來越神祕了，有奕巳咕噥著。再這樣下去，自己早晚也會得疑心病。

「敵人是誰？」他問，本來不指望得到慕梵的回答。

誰知道燈泡王子卻喃喃道：「是竊取神的榮耀之人。」

有奕巳抬頭看向他，卻只在慕梵眼中看見了頭頂倒映的星辰。那雙夜色一般的眼睛映著滿天星河，清澈透亮，比任何寶石都美麗。不知為何，有奕巳在這一瞬間，想起了他那位大表哥。

其實不說話的時候，慕梵和有琰炙感覺有點像？

隨即他猛地搖了搖頭，瞎想什麼呢，怎麼把這兩個人扯到一塊去了，都是被慕梵這個傢伙害的！

掀起被子悶住腦袋，有奕巳決定沉入夢鄉。

「你還沒洗澡。」

迷迷糊糊中傳來慕梵的聲音。

洗什麼，累都累死了，還管洗澡幹嘛！有奕巳不耐煩地咕噥了幾句。

「我喜歡乾淨的環境，希望周圍的人也能保持乾淨。」

「再提醒你一次，自己去洗澡……不然別怪我動手了。」

有奕巳早已沉沉睡去，後面的話根本沒聽進去。

第二天早上，他就為自己的行為付出了代價。

有奕巳是在一陣寒意中醒來的。他睜開眼時，覺得自己還在做夢，否則怎麼會看見這樣奇怪的情景呢。眼前，一隻嬌小的鯨鯊俯在床上睡覺，自己則赤身躺在地上。

是的，赤身，一件衣服都沒穿，連內褲都沒穿！

一、二、三！深吸一口氣——

「慕梵！你這傢伙，昨晚對我做了什麼！」

他爬起來，拚命搖晃著睡夢中的小燈泡。小燈泡迷濛地睜開眼望向他，呲了呲牙。這一瞬間，有奕巳有種不好的預感。

「痛啊！」

大拇指被狠狠咬住，有奕巳想弄死他的心都有了，偏偏慕梵還越咬越緊，就在他快要被逼到極點時，啪嗒一聲，半夢半醒中的鯨鯊王子，徹底醒了過來。

一雙芝麻大的眼睛和他互相對視著，下一秒，有奕巳親眼目睹了一場大變裸男。

「你叫那麼大聲做什麼？」慕梵大大咧咧坐在床上，語氣不快。

「你你你你先穿衣服！不對，你你你你先告訴我，為什麼我沒穿衣服！」

「我的身體和你不一樣嗎？」慕梵看著他大驚小怪，「為什麼這副表情？」

有奕巳心想，當然不一樣，尺寸不一樣！錯了，不是這個！

「你有沒有羞恥心啊！就不能穿件衣服嗎！」

慕梵不耐煩地嘖了一聲，幻化出衣服穿上。

「麻煩的傢伙。」他討厭穿幻化出的衣服，除了逼不得已的時候。而現在，潔癖的王子殿下顯然不想穿昨天的髒衣服，就只剩這個方法了。

總算不再看到礙眼的東西了，有奕巳深吸一口氣，問：「解釋一下。」

「你之所以沒穿，是因為我昨天幫你洗了澡。」慕梵說，「我討厭不乾淨的東西。」

「什麼?!你——」有奕巳大吼，手指顫抖地指著他，「我媽都沒幫我洗過澡！」

慕梵白了他一眼，「廢話，你剛出生她就不在了。」

「我不是這個意思，我——」

兩人正在爭吵，有人敲了敲門。

「我聽見這裡有動靜，出什麼事了嗎？」

有奕巳和慕梵同時頓住，靜下來。

「一些小問題。」慕梵道，「你是誰？」

「抱歉，忘了說明，我是住在你們隔壁的西里硫斯，屋裡的應該是慕梵殿下和蕭奕巳同學吧？」

有奕巳和慕梵面面相覷，研究所主任竟然就住他們隔壁，是巧合還是……

「絕對不是巧合。」慕梵扔了一件衣服在有奕巳身上，「快穿好，我要開門了。」

「喂喂，你慢一點！我哪有那麼快！」有奕巳手忙腳亂。

慕梵絲毫沒有顧及到這點。

因此，西里硫斯看到的門內畫面是——穿戴整齊的慕梵，和他身後衣衫不整的有奕巳。

「……看來是我打擾兩位了，你們繼續。」西里硫斯頓了一瞬後，說道。

等等，你是不是誤會了什麼！

第二十八章　龍臥於野（四）

CHIEF PROSECUTOR OF THE GALAXY

「抱歉抱歉，是我誤會你們了。」

坐在椅子上的人笑得前俯後仰。

「不過，那副樣子，不讓人誤會也難吧！」

有奕巳冒著黑線地看著對面的人，「諾亞先生，尋常人也不會那麼心直口快地說出想法吧。」

「這個我已經被人提醒過好多次了。」西里硫斯收起笑臉，苦笑道，「隱藏不了自己的想法，也算一種缺點吧。」

「是的，太過直白也是會給別人帶來麻煩呢。」有奕巳毫不客氣道。

「哈哈，我接受你這個批評。」

另一旁，慕梵換好衣服走了出來，聽見兩人在交談，面色淡然地看向有奕巳。

「你竟然在教別人怎麼做人處事？」燈泡王子淡淡道，「還沒開學就幾乎把所有人都得罪光的傢伙，難道不是最該收斂自己的脾氣嗎？」

有奕巳看著這個害自己被誤會的罪魁禍首，「這點彼此彼此。」

慕梵皮笑肉不笑。

「你們感情真好呢。」西里硫斯感嘆，「慕梵這次也是來競選蕭奕巳的騎士嗎？」

「他沒有資格。」

「我沒有興趣。」

兩人異口同聲，又同時白了對方一眼。

西里硫斯捧腹大笑，「你們感情真的很好，看來八卦也不全是假的嘛……」

「諾亞先生，你還是少看點八卦雜誌吧……」有奕巳撐著頭，「我最近被那些害得無路可逃了。」

西里硫斯點了點頭，「我也有所耳聞，是因為《星法》的那篇論文吧，這件事最近鬧得轟轟烈烈呢。一篇論文就能引起這麼大的波瀾，也只有修習星法的學者們能做到了吧。」

嗯，什麼意思？有奕巳抬起頭。

「像是各大星系的軍校，只招收星法學院和守護學院的學生，像我們其他科系的學生，接觸最新事物的機會也不如你們多。」畢業於中央科技大學的西里硫斯感嘆道：「就算是其他名校，比起軍校生來，待遇也是差了很多。像我們讀書時，就絕不會有機會到一座要塞來實習，真羨慕你們。」

「是嗎？」慕梵插嘴道：「停戰兩百年，卻依舊把資源傾向軍事和律法，我倒不覺得是個好現象。」

軍隊是國家暴力機器，而律法是維護統治秩序的必要工具，拚命發展這兩項，正說明共和國目前的局勢並沒有表面看起來那麼穩定。

有奕巳沉默了一會，問：「那諾亞先生……」

「叫我西里硫斯就好。」西里硫斯眨了眨眼，「我也沒大你們幾歲。」

「好的，西里硫斯，你為什麼要去報考中央科技大學呢？啊，抱歉，我差點忘了。」他一拍自己的腦袋，「在北辰之前，其他軍校都不招收軍人子女以外的學生。」

「壟斷。」慕梵淡淡道。

「不，即使沒有這個原因，我也不會報考軍校。因為在那裡，我無法做自己想做的事。」西里硫斯搖了搖頭。

「想做的事？」

「你們看到身後這片星海沒有？」西里硫斯站了起來，走到窗前，「看著很遼闊，肉眼無法望到盡頭，對不對？可實際上，這片星域還不到共和國現有疆土十分之一的面積。而帝國與共和國加起來，面前所開發的星域，也不到這片宇宙的萬分之一。」他的眼裡閃著光芒，「世上還有這麼多未知的祕密，我怎麼能假裝看不到聽不見，讓那些祕密就此塵封呢？我想做的事就是探索未知之事，哪怕用盡一生。」

有奕巳看著西里硫斯炯炯有神的雙眼，愕然失神。他第一次遇見，對自己的未來有如此執著期望的人，不由得被影響。這就是所謂瘋狂的研究精神吧？總覺得令人欽佩。

慕梵卻是忍不住潑冷水，「人類一生短暫不過百年，你又能做到什麼？」

「慕梵！」有奕巳扔了一個枕頭過去，「不說話沒人當你是啞巴！」這傢伙實在太破壞氣氛了。

慕梵一個側身，枕頭掉在了地上。

西里硫斯卻不生氣，低低笑了出聲。

「能做多少就做多少，至少比不去嘗試好。好了，閒話就到這裡。」他拍了拍手，「我來這裡，其實是去喊你們去集合的。」

「集合？」有奕巳一愣。

「你總不會忘了，你們到這裡來的正式任務吧。」西里硫斯朝他眨了眨眼，「你的候選騎士們還在等你呢。」

差點忘了這件事！

等到西里硫斯將兩人帶過去時，其他人已經整裝待發了，有奕巳趕緊進入隊伍，慕梵則是站在了人群前方。

「姍姍來遲啊，大人物。」

有奕巳走到隊伍中，就聽到一聲低諷。他回頭一看，不是米菲羅．卡塔還能是誰？

他此刻有種自己是RPG遊戲主角的感覺，打倒一隻怪物又來一隻，煩不勝煩。有奕巳索性扭頭，裝作沒看到他。

米菲羅氣得臉紅脖子粗。

「好了。」昨天迎接他們的副官蒙菲爾德站在上方，「這次集合，是為了讓大家舉行什麼，什麼相……」

「是騎士試煉大會。」一片的輔佐湊上前。

「算了，管他什麼名字。總之，在你們這群少爺小姐挑出自己的另一半前，統統不能回去，明白嗎？」蒙菲爾德道。

「明白！」有了前一天的教訓，學生們全部扯著嗓子回答。

蒙菲爾德被震得揉了揉耳朵。

「叫那麼大聲幹什麼，我又沒聾！」

「……」眾人真想揍死他。

「總之，我不管你們怎麼做，快點搞定快點滾蛋！好了，誰來替我說明一下這個相親大會的流程？」他轉身問。

慕梵走上前一步，道：「我來吧。」蒙菲爾德瞧了他一會，點了點頭。

「這一次的契約儀式，和以前不同。」慕梵開始解說，「分為以下幾個部分——第一步，雙向投票。兩個學院學生互相投票選擇自己的契約者，如果雙方互相選中彼此，就可以組成一個臨時性隊伍。不同的是，星法學院每人最多可填選五個名額，而守護學院每人只有一個名額。如果雙方沒有互選中，剩下的人可以再次向其他名額不滿的學生提出邀請。如果對方願意選擇你，你就可以與他組隊。」

「提問！」

「說。」

「如果有人一票都沒被選上怎麼辦？」

「那他就打道回府。」慕梵冷冷道：「沒有任何人認可的傢伙，不配參加這次試煉。」

不理會下面人的驚呼，他繼續道：「成功組隊後是第二步試煉。要塞會安排任務給你們，每個人按照小組模式去完成，只有完美通過任務考核才能成為合格者，成功簽下契約儀式。但是對於守護學院的學生來說……」

蒙菲爾德接下他的話，「並不是所有通過考核的傢伙，都能成為守護騎士。如果小組通過考核，但是你個人表現讓我不滿意的話，我就會把你從名單上刪掉！」

他笑道：「就等著下次機會，再來完成騎士契約吧！」

怎麼這樣?很多人不滿地嘀咕起來。

騎士契約本來就是騎士與契約者之間的事，被別人從中橫插一腳，很多人都不滿意。

但蒙菲爾德才不管他們怎麼想，大手一揮，「開始投票吧！」

投票很方便，用每個人的隨身星腦，在程式上寫下名單即可。有奕巳剛打開螢幕，準備動手，就收到幾十道灼熱的視線。

而這些人之中，有琰炙遠遠地看了過來，目光溫度與其他人相反，簡直要凍死人。簡直就像是在警告他——你不選我試試。

看著這位昨天說要找上門、卻不知為何沒出現的大表哥，有奕巳咬了咬牙，寫下了第一個名額。

衛瑛當然是第二個，那麼第三個……

正埋頭苦思的有奕巳，突然聽到周圍一陣騷動，他再抬起頭，只看到一個高大的身影站在自己面前。

「克利斯蒂師兄?!」

「希望你可以慎重考慮一下我。」

真男人，做事不拖泥帶水。

丟下這句話後，克利斯蒂轉身離開，留下幾乎要被周圍目光烤熟的有奕巳。

好了，有奕巳面無表情地想，現在第三個名額也有了。然而他目光一轉，看到人群中的某人時，視線頓了一下，又寫下第四個名字。

「分組結果稍後就出來，現在輪到我來告訴你們任務。」

蒙菲爾德帶著笑容走上前，看到他這個表情，所有學生都升起一股不祥的預感。

「看見你們星腦剛收到的文件沒，打開它。」

「這是……通緝令！」有學生驚呼。

「沒錯。」蒙菲爾德調高嘴角，「這八份通緝令，是地方警部最新公布的C級逃犯。你們的任務就是把人活捉回來，並送上審判庭。怎麼樣，小鬼們辦不辦得到？」

雷文要塞的副官閣下一向認為，實戰才是檢驗人才的最可靠標準。

「等等，檢察官候補系的接這個任務還可以，但是我們法官候補系為什麼要去第一線？」有人抗議道：「這根本不是我們的專業領域！」

「這是你們自己要考慮的問題。」蒙菲爾德翻了個白眼，「連這點事都解決不了的傢伙，別指望通過考核了。」

怎、怎麼會這樣！太霸道了！

看著底下議論紛紛的學生們，蒙菲爾德冷冷一笑，「聽著，我不管你們怎麼想！雷文要塞不是你們這幫學生的保姆，要是真想證明自己是有用的人，就拿出實力給我們看。還有，那些自以為有天賦的候補騎士們——」

他看向人群中，穿著白色校服的學生們。

「既然你們被譽為守護學院的精英，那就讓我看看你們有多大的能耐吧！可別丟了我們這些畢業生的臉！」

一場前所未有的考核，就此拉開序幕。

二級農業星球——瑪律斯。

這顆總人數不過五十萬的小星球，幾乎所有居民都是農民或手工業者，自給自足，並負責生產提供給雷文要塞的物資。

星球上的居民住在各自的農地上，彼此相距甚遠，而整個星球上只有為數不多的幾個交易中心，用於滿足人們平時交流與商業的需要。

羅興就生活在其中一個交易中心，他十七歲離開家裡的農場，到這裡來工作，如今也過了兩年了，還有一年就滿二十，是共和國認可的成年人。到時候，羅興就可以拿到一塊土地，像這個星球的大多數人一樣，過著耕種自足的生活。

當然，他也可以選擇賣掉土地繼續在交易中心生活。無論哪一種，對於年輕人來說都是不錯的安排。

然而，羅興並不滿意這種生活。

他蹲在地上，看著天邊即將散去的夕陽，第一千次感嘆起自己的命運。在農業星球的上空，巨大的雷文要塞像是一個龐然大物，遮蔽住半個星空。羅興呆呆地望著，不知在幻想著什麼。

「小羅！」

打工的酒館的主人費舍爾大叔，推開二樓的窗戶，「快回來幫忙打掃屋子！」

「來了！」

他的生活依舊平凡、普通，日復一日的單調。

酒館晚上營業，賣些簡單的酒水小吃，供客人打發時間。到了天色全黑的時候，酒館裡已經燈火通明，坐滿七、八成的客人了。

羅興端著餐盤穿梭在人群中，聽到一些外星球來的冒險者討論外界的事情時，他總是聽得津津有味。每次聽到那些新奇的故事，他就會幻想自己也是其中一員，經歷著豐富多彩的冒險生活。這大概就是為什麼，他願意在酒館打工的原因吧。

「這次新出的通緝名單看了嗎？除了幾個小嘍囉，還有三個高檔貨呢！」一群像是賞金獵人的傢伙，坐在最靠窗的位置上討論著。

賞金獵人，是在邊境地區頗為熱門的職業之一。他們會根據司法部和警部公布的懸賞名單追緝犯人，然後拿去交換懸賞。這群遊走在刀劍血口的人，向來是酒館最常見的客人。

「最近也不太平靜啊，這麼多逃犯名單流出，你不覺得有些奇怪嗎？」一個賞金獵人同伴感嘆道，「還一下子冒出這麼多A級通緝犯，那至少得是八級異能以上的狠傢伙啊！」

「這你就不知道了，這些新的通緝名單裡，有不少可是『裡面』的人。」一名大漢大笑道，「這可是他們狗咬狗、黑吃黑啊！」

裡面的人？羅興端著餐盤，思考著這句話的意思。

就在這時，新的客人進來了。

「老闆，我想請問一下，這裡是否可以住宿？」

伴隨著迎客風鈴的清脆聲響，新客人的詢問聲聽起來明亮透徹，像是年紀不大的少年。

羅興和酒館內的其他客人們齊齊回頭看去，頓時愣住了。

出聲詢問的的確是個少年，看起來不過十六歲，有著邊境地區少見的黑髮黑眸。他容貌清俊，與人說話時會不自覺地帶著笑意，令人心生好感。在他身後，還跟著幾名類似裝扮的男女，每一個都氣度不凡。站在最後面的一人，則用兜帽遮著臉部，看不清容貌。

即便如此，比起瑪律斯星球的原住民和流浪的賞金獵人，他們衣著乾淨整齊、氣質出眾，一看就是另一個世界的人。

這幫人的出現，讓酒館瞬間安靜下來。

「哼，出門遊玩的少爺小姐嗎？」

羅興身邊的賞金獵人們呸了一口，態度不太友好。這句話聲音並不小，那邊的人顯然聽見了。

羅興緊張地看著走在最前面的少年看了一眼，朝這邊走來。

「等、等一下，這位客人。」他硬著頭皮攔住對方，「有什麼話……」

然而，少年卻對他笑了一下，繞過他走到賞金獵人們身前。

一桌子的人戒備地看著他，「小鬼，想怎樣？」

那少年看見他們手中的通緝令，愣了一下，問道：「幾位大哥也是為懸賞而來的？」

賞金獵人敏感地反問：「也？難道你們——」

「我們也是為此而來。」少年笑了笑，在他們身邊搬了張椅子坐下，「啊，我們絕對不會和幾位大哥搶生意！我們的目標可不是這些A級通緝犯。」

「小子，你有這個本事嗎？」

「當然肯定不如幾位熟練。」少年狡黠地眨了眨眼，「看樣子，幾位大哥都是老江湖了。既然大家目標一致，又不相衝突，不如互通一下有無……」

羅興眼睜睜看著剛才還劍拔弩張的氣氛，一下子緩和下來。幾杯酒下肚，少年很快就和幾個賞金獵人稱兄道弟起來，勾著肩膀互相調侃。

「不是我在說啊……小兄弟，我們這行不好做啊，苦啊！」

「我知道我知道，在哪裡討生活都不容易……」

「每年還有新人進來搶生意，像你們這樣的小少爺，不知道民間疾苦……嗝，我勸你，玩完這把就早點回去……」

羅興正發著呆，卻驀然看到一個人越過自己，拉起少年道：「不要給人家添麻煩了。抱歉，打擾了。」

「等等，我還要再跟他們聊一會啦！」少年不情願地被拉走，和等待在一旁的同伴們一起上了二樓的住宿區。

這一次，沒有人再用異樣的目光攔著他們，彷彿剛才的插曲只是幻覺。酒館的氣氛，再次恢復到他們出現之前的熱鬧。身邊是一片談笑風生，羅興卻有些不知所措。

「不是簡單的人物啊。」老闆費舍爾大叔不知什麼時候出現在他身後，看著二樓嘆息一聲。

「小羅。」老闆對他道，「一會幫我送些吃的上去，記住，不要多說多看。」

「好的！」

按照費舍爾的吩咐，羅興端著食物去了二樓，腦子裡卻還想著剛才的事。那個少年叫什麼名字呢？他是怎麼與賞金獵人打成一片的？還有這幫來歷不明的人，似乎不像是一般的冒險者，也不像是賞金獵人……

「這傢伙，竟然真的醉了。」他才走到樓梯口，就聽到樓上傳來一個無奈的聲音，是個女孩的聲音。應該是那群同行人中，唯一一個少女吧。

另一個冷淡的聲音回答道：「他咎由自取，不會喝酒還陪人家喝那麼多。」

「可要不是蕭同學前去交際，我們也打聽不到情報，還會被人懷疑。」又是另一個人的聲音，聽起來很冷靜，「萬一鬧起來，我們這行人裡有那麼顯眼的人，就不方便行動了。」

少女惱怒地回覆他：「怎麼，你這是在責怪琰炙師兄？」

「我不是這個意思。」

「好了，你們兩個，現在不是爭執的時候，先把……」

聲音突然停了下來，羅興心下一驚，意識到自己可能被發現了，正準備先離開，背後卻傳來一道似笑非笑的聲音。

「你是這裡的員工？」

羅興詫異地回頭，只看到一張被兜帽遮住大半的臉。唯有一張深邃的眼睛，透過遮擋物朝他看了過來。聲音雖然帶著輕緩的笑意，但是那眼神，卻好像要把他釘在原地。

羅興顫抖地道：「老、老闆讓我來送食物，上面客人的晚飯……」

「謝謝，我替他們送去吧，你可以離開了。」那人接過他手裡的餐盤，下了逐客令。

羅與絲毫不敢逗留，拖著發抖的雙腿離開。不知為何，即便轉身離去，他也有種被野獸盯上的恐懼感。

那個戴兜帽的傢伙，太危險了！

而且，他究竟是什麼時候出現在自己身後的，為何一點聲響都沒有？

想不明白的羅與，還不知道這幾個人的到來，會在這顆小小的農業星球掀起怎樣的波瀾……

「你為什麼會在這裡？」二樓，有琰炙冷淡地看著來人，打量著對方和自己毫無二樣的打扮，有些心煩。

在場幾人中，只有他和慕梵，是需要用兜帽遮住面容行動的。

克利斯蒂同樣看著慕梵道：「師弟應該是試煉的評審委員吧，為何跟著我們？」

「沒辦法，如果我不來，上面的人不會放心。」慕梵無奈地聳了聳肩，意味深長道：「兩邊都是。」

既不放心有奕巳這幫人，也不放心單獨一人的慕梵，索性將問題人物全聚在一塊，方便監視。

「這附近應該還有要塞派來的評審委員，你們不用擔心我會做些什麼。」

這句話，他是對有琰炙說的。

有琰炙輕哼一聲，不置可否，從克利斯蒂手裡接過喝醉的有奕巳。

「我帶人去休息。」

丟下這句話，他就進入一個房間，留剩下幾人面面相覷。

「這個……房間該怎麼安排？只剩兩間房了。」克利斯蒂看著面前的幾人，慕梵、衛瑛還有齊修。

本來沒有慕梵的話，衛瑛自己一間，他和齊修擠擠就好了，可是現在……

「我和師兄一間。」衛瑛率先開口，「在這裡，我最信任的是克利斯蒂師兄。」

顯然，也沒有別的辦法了。

克利斯蒂說：「那就先這樣吧，先休息一晚，明天再另行安排。慕梵你……」

「我會單獨行動，不會參與你們的計畫。」

「好。」

於是，意外出現的慕梵，便和齊修同住一間房。

進房間前，慕梵朝有琰炙和有奕巳的那間房看了一眼，眼中閃爍著連自己都不曾注意到的光芒。這一點，卻被齊修看在眼裡。

因此，幾乎是一進房，向來少語的齊修便開口道：「你是怎麼想蕭奕巳的？」

慕梵錯愕了一秒，看向他。

「為什麼要問我這個？因為你將來會是他的騎士，還是有別的原因？」

兩人都在對方的眼裡，看出了相同意思。

——眼前的傢伙，知道有奕巳的身分。

第二十九章　龍臥於野（五）

CHIEF PROSECUTOR OF THE GALAXY

說起來，齊修會成為有奕巳的組員，是連有奕巳自己都出乎意料的事。

投票互選時，他看見了那個沉默站在角落的青年，下意識就按下對方的名字，讓齊修成為自己的第四個候補騎士。

這是他之前想都沒想過的事。這樣一定會惹惱衛瑛吧，有奕巳苦笑著想。

更讓他意外的是，在公布小組名單時，齊修第一時間被分到了他這組。這意味著，這個沉默寡言的青年當時也寫了有奕巳的名字。

齊修，從第一次在卯星見到面，他就給有奕巳不一樣的感覺。

沉默、少語，總是跟在沃倫身後，就像他的影子。

可是為什麼這樣一個影子，會用那樣的眼神看著自己？像是誰都無法明白的眼神……

「為什麼？」

昏睡在床上的有奕巳夢囈著，正換衣服的有琰炙停下手中動作，走到窗前，看著面容稚嫩的少年。

許久，他伸出手，輕輕撫上有奕巳的臉頰。

他想起剛才齊修說過的話。如果不是有奕巳很好地處理了那個場面，今晚他們可能就會和酒館其他人起衝突。

這絕不算一個好的開局。

為他們解決這個憂患的，就是眼前這個看起來還不大的少年。他總是承擔著太多的包袱，在所有人都未預料到前，替他們解決了問題。而有奕巳自己，似乎又掩藏著多少不願意對外人說的心事，有誰可以幫他分擔呢？

有琰炙淡色的眼眸微微晃動，許久，緩緩低下頭，靠在了有奕巳的額頭上。

也許，自己之所以願意放下顧慮，選擇成為他的守護騎士，就是為了讓他身上的負擔少一些。

希望能夠成為讓他依賴的人，有琰炙這麼想著。

「所以，你為什麼要選擇那個傢伙？」

另一個房間裡，質問還在繼續。

「你不是一向跟在沃倫・哈默身邊的嗎？這次選擇了蕭奕巳，是因為別無選擇，還是替你的主人來監視他？」慕梵的質問有些咄咄逼人，齊修卻沒有亂了陣腳。

「這句話我也想問殿下。千里迢迢跑來北辰，不惜自降身分與我們為伍，甚至又再次跟隨我們到這偏僻要塞來，難道僅僅是為了出外遊學？」

齊修的眼睛，銳利地打量著慕梵。

「您能問心無愧地說出，一切行為都是沒有目的嗎？」

兩人都沒有回答對方。

許久後，慕梵輕笑一聲，「你還真是忠心耿耿啊，各個方面而言。」他走到自己的床位前，意有所指道，「只不過這份忠心究竟是獻給誰，有沒有價值……恐怕連你自己都不知道吧？」

齊修的身形僵了僵。

這一晚，除了昏睡的有奕巳，每個人都帶著心事入眠。

第二天一早，有奕巳是被一股香味喚醒的，那香味帶著清透的氣息，鑽進窗戶，飄進他的鼻孔裡。他揉了揉眼，推開窗子，驟然被一陣清風吹醒了神智。迎面而來的風中，夾帶著細碎的花瓣，有奕巳伸手接了一片，發現香味就是從上面傳來的。

「早安！」

他聞聲看去，樓下有一名正在打掃店門口的少年，抬頭與自己打招呼。

「你好。」有奕巳朝對方點頭致意，「這些花瓣是？」

「啊，因為現在已經入秋了。」樓下的少年回答道：「這個季節，瑪律斯星球上的星野花就全開了，是豐收的預告呢！」

「星野花……」有奕巳將花瓣放到鼻下，「很好聞的味道，真是個令人心情舒適的地方。」

「謝謝您對瑪律斯星球的稱讚！對了，客人您的同伴們都在樓下用餐，要通知他們一聲嗎？」

這時，有奕巳聽到了逐漸逼近的腳步聲，對樓下的少年搖了搖頭，回到屋內。

「你醒了？」

有琰炙進了屋才摘下兜帽，淺金色頭髮在朝陽下發著光。有奕巳看愣了一會，嘖嘖感嘆，「師兄，你和慕梵都太引人注目了。」

聽到慕梵的名字，有琰炙不快地皺起眉，「沒有人的時候，你可以不用那麼拘謹地叫我師兄。」他走到有奕巳身前，伸手探了探他的額頭，「有宿醉嗎？會不會頭痛？」

「沒事沒事。」有奕巳有些不好意思。

「下次再發生這種事，不要再一個人攬下了，如果凡事都讓你承擔，要我們這些守護騎士做什麼？」有琰炙道，「希望你可以信任我一下，不僅僅因為你是爸爸的孩子，還因為你是我的弟弟。」

久違的溫暖與毫不掩飾的關心，讓有奕巳臉紅了一瞬。

「抱歉，我太莽撞了。」他看著有琰炙，真心道，「下次我會注意的……哥。」

聞言，有琰炙笑了。

「小奕已經醒了嗎？」這時，衛瑛走進屋內，帶了些早點上來，「克利斯蒂師兄說，讓我們盡快準備出發，他已經探聽到一些情報了。」

「克利斯蒂師兄？」有奕巳驚訝。

有琰炙接過早點，遞到他手裡。

「你要明白。」他說，「這裡能派上用場的，不僅是你一個人。」

事實證明的確如此，在學校裡頗受師弟師妹們敬仰的克利斯蒂，在這裡照樣混得很開。等有奕巳吃完早餐，克利斯蒂已經在彙整從其他賞金獵人那裡交換的情報了。

「這一次，除了要塞下發給我們的八個C級通緝犯任務，還有幾名B級和A級的逃犯。」克利斯蒂說，「因為這裡最靠近帝國邊境，也是監管最混亂的地區，很多犯人都會往這裡逃，獵人們便聞風而來。」

「監管混亂？」衛瑛不解，「雷文要塞不就在附近嗎，逃犯還敢來？」

「要塞是軍隊設施，不能隨意出手。」克利斯蒂說，「這邊的幾顆星球，以前是歸北辰星系管轄，但是自從十幾年前中央把治理權收回去後，管理一直就很混亂。貝塔斯星是附近的行政星，上面有中央派來的地方官員，但是這些人……」

克利斯蒂皺了皺眉，有人冷笑一聲，替他說下去。

「這些人更樂意監視雷文要塞的一舉一動，也不願意花心思管理民生。」有琰炙的眼神裡帶著明顯的嘲諷。

有奕巳問：「那我們這次的任務是？」

「與地方行政部門合作。」克利斯蒂說，「有免費的勞力幫他們解決逃犯問題，那些官員也樂得清閒吧。但由於我們並不是正式的執法人員，也沒有賞金獵人的身分，在行動上反而不太方便。」

唔，這可真是麻煩啊。

有奕巳思索了一陣後，問：「師兄剛才出去，還有探聽到其他情報嗎？」

「有。一是獵人協會的內部消息，這附近很可能就藏有一名通緝犯，但是等級不明。還有一個……」克利斯蒂頓了頓，「目前新公告的幾名A級通緝犯，有幾人都是逃脫軍事審判，而被通緝在案的。」

屋內幾人都陷入了沉默。

「是第三艦隊的軍官嗎？」

克利斯蒂無聲地默認了。

衛瑛面色難看道：「如果我們遇到了這樣的A級逃犯……」她沒繼續說下去，但是所有人都明白，如果遇到了這些曾隸屬於北辰的軍人，究竟要怎麼處理？

「那和我們有什麼關係？」有奕巳看向她，「我們的任務只是抓捕C級犯人，能力外的事自然不能做。」他上前拍了拍衛瑛的肩膀，眨了眨眼，「即便是不小心放走了這些A級逃犯，也是因為我們力不能及，誰叫我們只是在學的黃毛小子呢……」

「我好像聽到了什麼不得了的對話。」

一人從門外進來。

「慕梵?!」有奕巳露出驚訝神情。

「你怎麼還在?」有琰炙露出厭煩神情。

慕梵看著眼前態度迥異的表兄弟，笑了笑，「馬上就走，臨走前來通知你們一件事。」

「剛剛接到的消息，同樣在這顆星球的另一支檢察官小隊，一小時前和要塞失去了聯繫。」慕梵神色嚴肅起來，「目前處於失聯狀態，一天之後如果他們還沒有消息，要塞就會派人出來搜尋。到時候，所有小隊的任務都會結束。」

「也就是說，在確認失蹤小隊的具體情況前，你們只有二十四小時完成任務。」

失蹤?任務才開始多久，就有一個小隊失去聯繫，而且對方還是擁有五名騎士候補的小隊……

即便還只是在校生，能有資格被列入騎士候補的學生，異能等級普遍都在七級以上。這樣的隊伍都失去了消息，難道……

「可以告訴我，他們失蹤的具體地點嗎?」

有奕巳突然出聲，望向慕梵。

「失蹤？」

接到消息時，西里硫斯也是錯愕萬分。

「才過一個晚上，怎麼會發生這種事？」

坐在他對面的蒙菲爾德顯然心情不是很好，「事情發生在瑪律斯星球上，顯然是有這些小鬼們咬不動的東西在。」

「……是新公告的A級逃犯？」

「不一定。邊境魚龍混雜，不知道有多少身分不明的人混在這裡。」蒙菲爾德苦惱地揉了揉太陽穴，「現在的問題是，是否要終止試煉？」

「要不要去問一下洛恩？」西里硫斯說的人正是要塞的總指揮官——洛恩・克里特，他目前正在統率要塞人員布置防線，應對可能到來的危機。

「別，那傢伙現在正忙著呢，我可不想為這點事去打擾他。」蒙菲爾德問下屬，「瑪律斯星球上，還有幾個小隊？」

「有三個小隊，分別是……少將的兒子和亞特蘭提斯王子，也在瑪律斯星球上。」下屬彙報道。

「麻煩的事還真擠一塊去了。」蒙菲爾德嘖了一聲，「這兩個傢伙要是出了事，我可擔不起，還是先讓他們回來吧。下令——」

「等等。」西里硫斯突然拉住他，「他們在瑪律斯星球，未必就是不安全。有琰炙已經是乾階的異能者，慕梵的實力更不用說，就算我們撤回了試煉的隊伍，居住在瑪律斯的百姓們怎麼辦？如果有這幾個人在，說不定星球上的居民還能安全一點。」

「你以為我沒想到這點嗎？」蒙菲爾德白了他一眼，「就因為這兩個傢伙實力強大，我才更不放心。萬一他們遇上危險分子，不受控制地戰鬥起來，波及更多人的安全怎麼辦？裡面可是有一隻鯨鯊！」他的眼神暗了暗，指著遠處空洞的星域，「不要忘記，我們是為什麼鎮守在這裡，沉默之地又是怎麼產生的。」

「說起這個。」西里硫斯卻笑了，「我們這邊有一個可以壓制他的人啊。」

「你想知道他們失蹤的地點？」瑪律斯星球上，慕梵看向有奕巳，「不要告訴我你準備英雄救美，救回落難的人。」

「當然不是。」有奕巳搖了搖頭，「我只是想確認一下。」

「確認什麼？」慕梵問，只見對面的少年沉默了幾秒，聽見他道：「確認一個老朋友的安全。」

「那麼我告訴你，正如你想的那樣，這個小隊就是在柏清的居住地附近失蹤的。」慕梵灼灼地望向他，「這樣你打算怎麼做？」

旁邊幾人有些聽不懂他們的對話，尤其是有琰炙，對於這種只存在於兩人間、自己被排除在外的談話，感到十分不滿。直到他聽見柏清的名字時，瞬間明白了些什麼。

「無論你要做什麼。」他拉住有奕巳，「不要獨自一人。」

衛瑛、克利斯蒂和齊修看著有奕巳，眼神裡表達出同樣的意思。有奕巳深吸了一口氣，正準備說些什麼，站在一旁的慕梵突然笑了，還帶著一絲譏諷，引得其他人都看了過去。

「看來我也不能輕易抽身了。」慕梵收起通訊器說，「最新消息，要塞的副指揮官要求我們先去失蹤地探查一番。」

「我們？」有奕巳問。

「是的，我們。」慕梵望向他，「看來那些不放心的傢伙們，還是寧願將我和你綁在一起。」

有琰炙實在很討厭聽到這句話。

情況，確實有所變動。

時至下午，羅興正在酒館裡為晚上的營業做準備時，突然聽到一陣腳步聲。他抬頭看去，見到住在二樓的客人們都下來了。走在最前方的，正是早上與他打招呼的那個黑髮少年。其他幾人都錯開一步跟在他身後，看起來就像是護衛主人的騎士。

騎士？羅興搖了搖頭，自己怎麼會有這種想法？

「您好，是要退房嗎？」

「暫時還不用，我們只是外出一下。」黑髮少年停下腳步，看著他，「你知道從這裡去A區的莫里小鎮要多久嗎？」

「莫里？那是我老家呢。」羅興驚訝，「那裡只是一個農業小鎮，沒有多少居民，也沒有什麼景點，你們去那裡做什麼？」

有奕巳和身後的幾人對視一眼，上前一步，看著這個酒館員工，微笑道：「一點小事。對了，可不可借一步說話？」

十分鐘後，當羅興從老闆那裡拿到假條，臉上的興奮還沒有褪去。

「我從小在那裡長大！附近有什麼景致，街上住著什麼人，有什麼特產，我都一清二楚！幾位放心交給我吧，無論你們是要找人還是買特產，我都可以帶路！」

他興奮地跟在有奕巳身後，看著這些一看就知不是平凡人的同齡人們，心裡滿是雀躍。精彩、充滿冒險的生活，似乎在向他招手了！無視了請假時費舍爾大叔充滿擔憂的眼神，羅興緊跟在這些人身後。從今天開始，自己的生活就會不一樣了！

克利斯蒂卻湊到有奕巳耳邊低聲道：「你不該將一個無辜的人牽扯進來，這一行很危險。」

「我知道。」有奕巳嘆了口氣，「可是在這個幾乎與外界隔絕的地方，我們要去一個小城鎮，沒有熟人帶路幾乎不可能被當地人接納。放心，我只讓他帶我們到莫里，之後就讓他離開。」

「婦人之仁。」慕梵冷哼一聲道：「如果他把聽到的消息傳出去，你要怎麼辦？」

有奕巳瞪了他一眼後，轉而看向衛瑛道：「衛瑛，麻煩你了，照顧一下羅興。」

「好的。」衛瑛點了點頭。

於是，奇葩的五人組，外加一個當地人，就這樣踏上了連他們自己都不知道方向的路途。

「這顆星球真是到處都是綠色啊。」坐在租來的飛車上，看著腳下與兩旁飛逝的景物，有奕巳感嘆道，「不愧是農業星球。」

「幾十年前可不是這幅模樣。」羅興說，「據說當年第一代移民過來時，這裡寸草不生、遍地黃沙，要不是多虧了雷文要塞的研究院，我們這邊根本無法種植出農作物。可惜瑪律斯頂多也就這樣了，沒有礦產，不能大規模發展商業，只能當個農業星球。」

「羅興，你似乎對外界很好奇？」有奕巳看向他。

「那當然了！在這個小星球，就算是從基礎學院畢業，也不能去到什麼高等院校。與其一輩子在這裡老去，還不如找個機會轟轟烈烈地過一場。啊，你們看到那個了嗎？」他指著天空中，遠處一點點暗紅色的光芒。

「那就是沉默之地的輻射波，被星球外層的隔離罩阻攔時，洩露出來的光輝！」他語氣興奮道，「一想到自己與傳說中的戰場，只隔了一點點距離，我怎麼甘心只做一個普通人！」

聽到他這麼說，在場的其他幾人都不約而同地沉默，氣氛冷了下來。

「我說錯什麼了嗎？」羅興不解地回頭。

「你知道沉默之地的意義嗎？」一直很少說話的齊修，突然開口問他。

「呃，就是最後一役的戰場吧，聽說亞特蘭提斯的一頭鯨鯊就戰隕在那裡！還是多虧萬星家族的功勞，才幹掉那麼厲害的傢伙呢！」

所有人的視線投向慕梵，而王子殿下只是笑了笑，看向有奕巳，「看來，這裡的人們都銘記著萬星的功勞。」

「如果只是這樣，就不會封閉戰場，還取了這麼可怕的名字。」齊修說，「稱呼它為沉默之地，不僅是因為那裡充滿可怕的輻射，也是為了紀念在此陣亡的近百萬的士兵，告慰失去兒子與丈夫和親人的無數家庭。沉默是對生命的敬畏，而不是對戰爭的崇拜。」

有一句話他沒說的是——沉默，同樣意味著不能說出的真相。

「對不起。」羅興沮喪地道，「我沒想到那麼多。」

「沒事。」有奕巳笑了笑，「讓後人可以沒有負擔地討論過去，大概就是戰爭存在的意義吧！對了，你剛才說的隔離罩是什麼？現在這裡的人們，還不能完全隔絕輻射嗎？」

羅興搖了搖頭，「雖然從我出生起，每個人都會接種抗輻射的疫苗，但這還是不能完全隔離。所以星球上空安裝了隔離罩，就是為了阻絕那些輻射穿透大氣層傳播進來。即便如此，每年還是有少數體質弱或者太過接近輻射區的人，身體產生異變。」

「異變？」

「不是性格變得凶暴殘酷，就是身體開始變得奇怪。聽說十幾年前，還有生下來就畸形的嬰兒，輻射是不可小覷的。」

聽到羅興這麼說，有奕巳擔心地看向有琰炙，這位孱弱的表哥不會受到輻射的影響吧？

有琰炙對他暗暗搖了搖頭，示意沒事。

然而，兩人都沒注意到，就在他們用眼神交流時，坐在最後排的慕梵，卻凝視思索著。

輻射？變異？

慕梵看著掌心，在所有人看不到時，伸手摸了摸自己的耳尖。

他想要探尋的祕密，會不會在這裡找到線索？

飛車飛行了數個小時，羅興突然大喊：「前面就是莫里，我們到家了！」

車裡的人聞聲看去，齊齊愣住。

這就是莫里小鎮？

一片開闊的土地，除了一望無際的作物外，並沒有看到任何一棟建築。滿目盡是綠油油的，隨風晃動的農作物，哪裡有半個人影？

然而羅興卻跳下車，對他們笑道：「歡迎來到莫里！忘了介紹，這是一座地下城鎮！」

第三十章 循風而動（一）

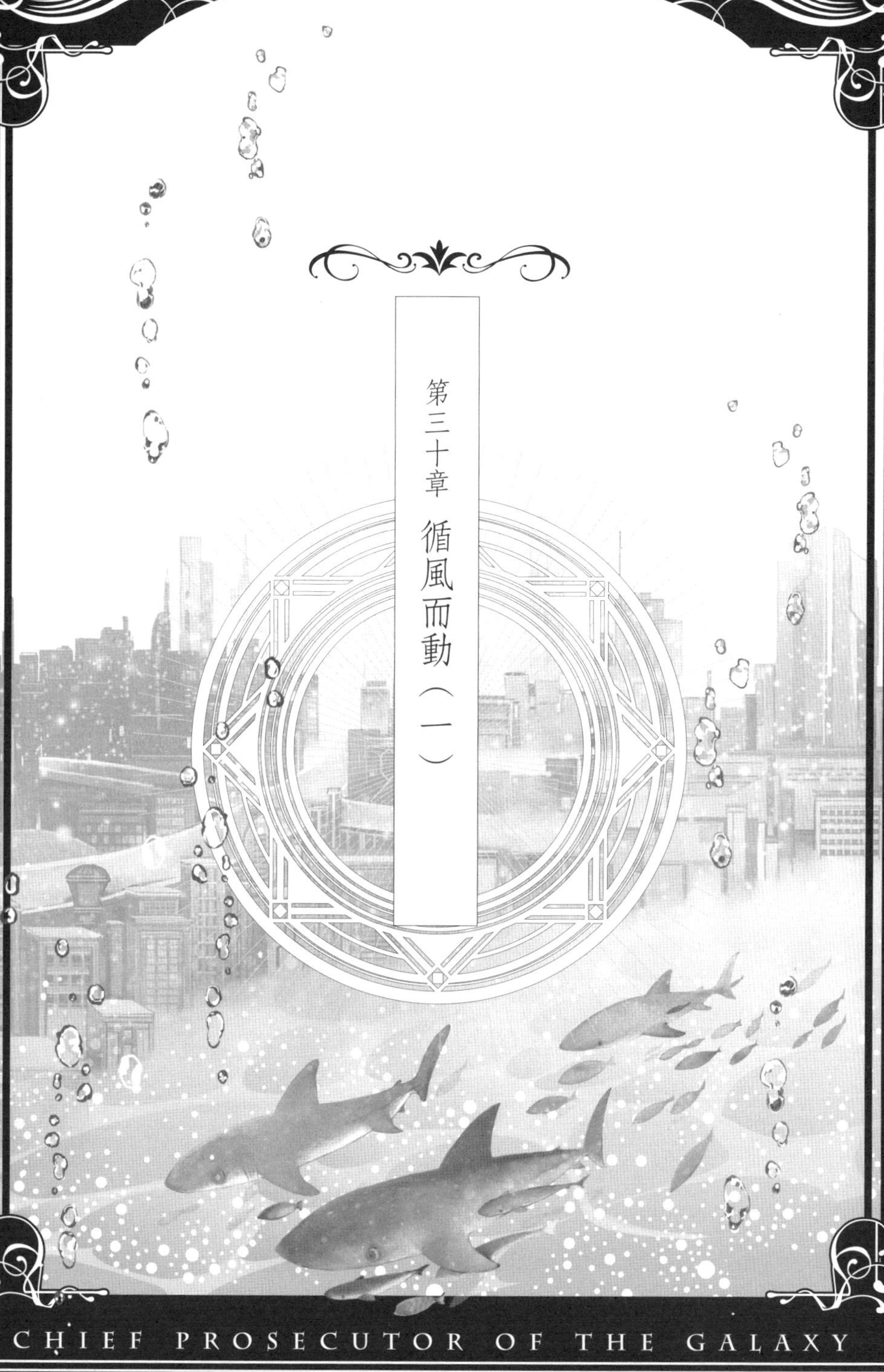

黑暗中行走的人推開一道門扉，走進屋內。

「情況怎麼樣？」屋內的人問他。

來者搖了搖頭，「有更多人聚集過來了。」

屋內人冷笑道：「哼，野狗聞到血腥味，就全聚了過來嗎……在他們發現之前盡快把事情辦好，我們時間可不多。」

「那這些傢伙怎麼辦？」

談話的兩人，向屋內一角看去。幾名被下了迷藥的少年，被束縛著四肢扔在一旁，正是北辰失蹤的那支小隊。

「我們管不了他們。」屋內的人神情冷漠，「就讓他們自生自滅吧。」

稍後進屋的男人嘆了口氣，卻沒再多說什麼。

在他們窗外，黑暗正在逐漸侵襲著這片大地。

「往這邊走，注意腳下有臺階。好了，這裡是升降梯。」羅興打開燈，「現在你們看得見了。」

幾個摸黑跟著他走進地道的人，這才發現，自己正站在一個寬闊的升降平臺上。再回望他們來時的小路，曲徑悠長，已經望不到洞口的一絲光線。

有奕巳說：「去往地下城鎮的入口設計得這麼隱蔽，是為了防什麼嗎？」

「沒有啊。」羅興奇怪道，「瑪律斯星球的每個農業城鎮都設在地下，相互隔了很遠的距離。一是為了減少輻射，二也是為了留下更多空間耕種。」

「是嗎？」有奕巳卻不這麼認為。他沒有說破，只是繼續跟在羅興身後。

「一般外人是找不到入口的。」羅興驕傲道，「這裡的地下暗道錯綜複雜，只要一不小心就會迷路，就連我有時候也會不小心走丟。」

然而這一群人裡，卻有一個可以夜視的傢伙——慕梵。鯨鯊的視力，在任何光線下都不會受到影響。其他人摸黑行走時，慕梵早已將經過的路線記在心裡，並告訴了有奕巳。

「先不要告訴其他人。」

慕梵發來的訊息上這麼說，有奕巳也只能繼續隱瞞下去。

站在升降梯上，可以看到外牆上還有當年挖掘過的痕跡。不知道開拓瑪律斯星球的最早一批的移民，究竟是抱著什麼樣的心情在這裡生活下去的？

升降梯終於到底，羅興率先走出去，對眾人道：「看，這裡就是真正的莫里小鎮！」

眾人循聲望去，首先看到的是寬闊、交錯縱橫的街道，從腳下一直延續到遠方。道路上不時有開著飛車或腳踩飛行滑板的人路過，一眨眼就只留下個黑點大小的背影。所有房屋都只有兩層高，整齊劃一。而在頭頂，看到的不是藍色天空，而是由一層層厚重裝甲鋪設的防震保護措施，將整個地下城鎮牢牢保護在裡面。

「嘿，羅興。」站在門口，看起來像是民兵的人高興地招呼道，「多久沒見到你了，小子！」

「艾力！」

羅興上前和老朋友打招呼。

有奕巳幾人落後一步，各自看了對方一眼。

與其說是個城鎮，還不如說這裡是個防衛嚴密的地下要塞。如果瑪律斯星球上所有的城市都是照這樣建造，那最初設計者的目的就有待考量了。

「連民兵都有。」慕梵輕聲道，嘴邊噙著一股笑意，「怪不得中央星系的地方官員對這裡束手無策。」

「艾力，這是我的幾位朋友。」羅興開始介紹有奕巳他們，「他們是到瑪律斯星球來做客的，只是在這裡待幾天，沒關係吧？」

「報給鎮長記錄了人數就沒問題。」民兵開始一一詢問他們的名字進行登記，「對了，建議你們天黑以後就不要隨便外出了。之前也有一群旅人來，因為不聽勸告，在夜晚外出失去了蹤跡，至今都沒有消息。」

看來說的，就是北辰失蹤的那一小隊了。

「夜晚外面會很危險嗎？」有奕巳疑惑地問。

「畢竟瑪律斯星球上有不少逃竄而來的犯人，他們不能進入城鎮，都是躲在外面的荒地和暗道裡伺機而動……還有，也可能會遇上異獸。」

「異獸？」

「一種變形的野獸。受了輻射影響，比一般野獸危險很多！」羅興解釋道，「城鎮建在地下，也是為了防範這些異獸。」

一顆小小的農業星球上，竟然還會有這麼多複雜的因素。有奕巳摸了摸下巴，總覺得這趟外出也許會有意想不到的收穫。

最後，一行人在羅興介紹的旅館住下。這次，一人一間房綽綽有餘。

夜晚，所有人都回房休息後，有奕巳在房間內把耳朵貼在牆上，仔細聽著隔壁的動靜。聽到有琰炙睡下後，他才舒了口氣，悄悄打開窗戶。

接下來他要做的事，可不能被那個愛操心的表哥發現。

嘿咻！

從二樓躍下，盡量不發出聲音，有奕巳沿著牆根悄悄地走著。

「你要去哪裡？」

冷不防冒出的聲音，嚇得有奕巳一個哆嗦。有奕巳抬頭，看到牆角下一個容貌掩在陰影下的人，正看著自己。

「半夜私自外出，如果被那幾個人知道，你覺得他們會怎麼想？」

說話的人走出陰影，站在有奕巳面前，直直打量著他。

「齊修？」

「你還沒回答我。」齊修固執道，「你知道這種行為，對於一心想守護你的人來說，是多大的傷害？這意味著你根本不相信他們。」

有奕巳被噎了一下，低聲道：「我不是單獨外出，而且也有人保護。」

「那位亞特蘭提斯王子？」齊修冷笑，「寧願相信他，也不願相信我們？」

不知為何，明明之前他們並不是很熟，此時看見齊修的這副表情，有奕巳莫名地就有些愧疚。

「是我的錯，抱歉。」他誠懇道，同時暗想這次祕密行動恐怕要泡湯了。

齊修看了他好一會，抬腳邁步。

「走吧。」

「啊，去哪？」

「去你想去的地方。既然已經悄悄出來，就別再回去驚醒其他人了，我會跟著你。」

「……謝啦！」

看著走在前面、似乎有些嘴硬心軟的齊修，有奕巳揚了揚嘴角，跟了上去。

「我不知道為什麼你會那麼相信慕梵。」半路上，齊修開口道，「但是考慮到他的身分，你還是不要太接近他比較好。」

這句話已經不是第一次聽到了。

有奕巳苦笑，「雖然在你們看來有些不謹慎，但我也是慎重考慮了很多才與慕梵接觸的，謝謝你的關心。」

齊修瞟了他一眼，不再說話。

有奕巳則是一路上，都在打量著這個沉默寡言的騎士候補。他和衛瑛關係匪淺，又總是跟在沃倫·哈默身後，為什麼卻選擇成為自己的騎士候補？

等等，齊修……齊……難道？

齊修突然停下腳步，正想著心事的有奕巳一個趔趄，撞上了他的後背。

「怎麼了？」

一雙大手按住他的唇。

「安靜。」齊修提醒他，拉著人躲到一個掩體之後，將有奕巳護在身下。

有奕巳不由屏住呼吸，看著街角的那頭。

只見一個人影，探頭探腦地張望著，不一會，十幾個人從出現在街尾，相互無聲地打著手勢。正在有奕巳奇怪這些人是誰的時候，他們已經行動起來，向升降梯跑去。更令人奇怪的是，看守升降梯的民兵並沒有攔下他們，而是和他們一起離開。

這是！有奕巳瞪大了眼。

「應該是鎮子上的人。」齊修在他耳邊說。

兩人一直躲著，等到再也沒有動靜，才準備站起身來。

「你們在這做什麼？」

身後傳來一個不悅的聲音。

慕梵站在巷子口，冷漠地看著他們倆，譏諷地抬起嘴角，「我說怎麼找不到你，原來在這裡和新歡約會。」

齊修迅速地起身，同時也把有奕巳拉起，冷冷瞥了慕梵一眼，不理睬他的挑釁。

有奕巳拍了拍身上的灰，「是我在找你好嗎！明明約了在附近碰面，卻不知人跑到哪去了！」

慕梵的聲音有些低沉，「你是在怪我？」

「我……」有奕巳有點猶豫了。

「難道殿下認為，以自己的身分，哪怕做錯了任何事都不能責怪嗎？」齊修上前一步，擋住慕梵的視線。

慕梵冷冷地看著兩人，突然笑了。

「只是玩笑而已，真是護主的忠犬。」

齊修身形一僵，握住武器瞪向慕梵，兩人之間的氣氛瞬間惡劣起來。

「喂，你能不能不要和我的每個候補騎士都搞得關係那麼僵。」關鍵時刻，有奕巳連忙推開兩人，望向慕梵的視線有些不快。

慕梵反道：「是他們防備我吧。」

什麼意思？

「算了，言歸正傳。」慕梵岔開話題道，「你們剛才有看到跑過去的那幫人嗎？」

有奕巳點了點頭，「然後呢？」

下一秒，慕梵輕描淡寫地扔下一枚重磅炸彈。

「柏清也在裡面。」

腳下的大地似乎在震動著，塔利亞還迷糊地感覺到，周圍有不少人在走動。他的身體保持同樣的姿勢太久了，四肢充血麻木，以至於讓他一時還無法活動。正因如此，那些人並沒有發現塔利亞已經醒了過來。

「今天又有一批人進鎮了。」

「再不行動的話，很可能會被他們發現。」

行動？

「但是草率行動的話，機會會降低很多。」

「有什麼辦法！」其中一人低吼道，「難道我們就要任人魚肉嗎？這次是最後的機會了！」

「既然他們給我們這種待遇，休怪我們做出反抗！」

一群人似乎在激烈地討論著什麼，塔利亞聽得有些不解。

他能感覺到自己身旁的同伴們的體溫，但是他們都還沒醒來。怎麼回事，他們是落入了盜賊的老巢嗎？

只記得，當時他們正追蹤一名C級逃犯進入了小鎮。然後，發生了什麼？

頭好痛。

塔利亞忍不住發出呻吟，正在討論的幾人立刻停止了交談。

「他好像醒了。」塔利亞感覺到有人蹲在他身邊，探著他額上的溫度。

「這個孩子在發燒，你藥下得太多了！」那人責怪自己的同伴。

「我有什麼辦法，他們闖進來已經打亂了計畫，不然還能怎樣？」

「他們還是孩子，而且還是——」

塔利亞再度陷入了昏迷，接下來的話全都沒聽到。

密室內的氣氛，卻因為他的意外清醒，變得複雜起來。

柏清站在角落，看著這些昔日的同伴們，眼睛裡有著掩飾不住的擔憂。

「我也不贊同這個計畫。」柏清低聲道，「你們不能將這些軍校的孩子牽扯進去，也不該這麼做。」

「難道你就看著少將踏上死刑臺嗎？被那些利用我們的人！」坐在他對面的人吼道：「那些利用了我們、讓我們背負罪名的傢伙，為什麼我們不能向他們反擊！柏清，你已經踏入進來了，我可不允許你反悔。少將的審判三天後就要舉行，在那之前，我們一定要拿下雷文要塞的控制權！」

「你打算怎麼做？那可是一整個要塞！」柏清反吼回去，「而且你要讓其他無辜的同胞，和我們一起背上叛徒的罪名嗎？」

「叛徒。」坐在陰影中的人冷笑，「自從中央把我們送上這條不歸路，他們就該預料到會有這天。」

有人提著油燈走進來，昏暗的燈光照著房間，讓人足以看清屋內每一個人的臉。在場的五人，竟然有三個是通緝令上最新公布的A級通緝犯！而他們的另一個身分是——前北辰第三艦隊校級軍官。

這些人本來預計在不久之後，陸續接受軍事法庭的審判。然而現在，他們聚集在邊境，密謀著反擊。

柏清一開始並沒有加入他們，他只是純粹地想在最終審判之前，和母親過最後一段自由的生活，因此才搬到了母親的家鄉。

誰知道，也是在這裡，他遇上了準備反叛的同伴們。

「明天，你的監護官會送來出庭傳票。」坐在主位的男人看著他，「那就是我們最後一次機會，知道嗎？」他湊到柏清跟前，「柏清，千萬不要讓那個監護官發現，不能讓兄弟們的血白流！」

天色已經微微發亮，而在這個地下城鎮莫里，卻看不到初升的朝陽。

有奕巳和齊修晃到凌晨才回來，自然逃不過其他人的眼睛。尤其是有琰炙，在他發現這個不聽話的傢伙竟然擅自跑出去時，目光簡直快把他活活凍死了。

有奕巳不由自主地往慕梵身後躲了躲，有琰炙的目光變得寒意更濃了。

慕梵看了眼身後的有奕巳，輕笑了一下。

「在你們責問之前，先說一下我們昨晚探查到的消息。」

他堵住了有琰炙的質詢，開口道：「莫里鎮有人在深夜外出，看守卻對此不聞不問，你們覺得是為什麼？」

克利斯蒂眉毛蹙起，「深夜？」

衛瑛道：「可他們自己都說，夜裡城鎮外會很危險，為什麼還——」

「正因如此，才更可疑。我懷疑鎮上的一些人在密謀著什麼，之前隊伍的失蹤，可能是剛好撞見了他們的行動。」慕梵說，「在那些人裡，我發現了一名第三艦隊的軍官。」

衛瑛臉色一變，「你說這個行動，和第三艦隊有關？不可能，他們怎麼會傷害北辰的學生？」

「不一定是整個第三艦隊。」齊修開口：「記得那些逃走的A級罪犯嗎？」

「那也不可能！」衛瑛激動道：「他們是正直清廉的軍人，只是因為被汙衊才做出逃跑的舉動，不會有別的行為！」

齊修斥責她：「妳太感情用事了！」

衛瑛激動地回嘴：「你這個背叛的傢伙，又懂什麼！」

齊修聞言，臉上的血色一點點褪去。有奕巳看到這一幕，知道自己必須說些什麼了。

「大家先冷靜一點。目前還不能確定，這件事和出逃的第三艦隊的軍官有關，我們也不能打草驚蛇……克利斯蒂師兄。」

「在。」克利斯蒂上前一步。

「麻煩你和衛瑛再去鎮上打聽一些情報，帶上羅興，但是不要讓他發現我們的意圖。」

「沒問題。」

「琰炙師兄不太方便拋頭露面……」有奕巳這句話招來有琰炙一個白眼，他笑了笑，解釋道，「但是在我們這幾個人中，你實力最強，就居中策應，一旦有危險，還需要你來保護我們。」

有琰炙臉色緩了緩，「我不能跟著你？」

有奕巳搖頭，「我要去拜訪一個熟人，對方可能會認出你，所以……」他視線轉了一圈，「齊修，你跟我一起去吧！」

齊修還沒發言，衛瑛卻搶先道：「他不行！」

「我不能相信他。」向來理智的少女，此時看向齊修的眼神滿是戒備，「曾經背叛過自己信仰的人，我不能放心地將小奕交給他。」

有奕巳有些左右為難，這時，慕梵出聲道：「那麼，我也去。」

其他人用懷疑的眼光，看向這位王子殿下。

只聽慕梵道：「有我跟著，正好和齊修相互牽制。你們不用擔心齊修，也不用擔心我，豈不是兩全其美？」

「呵呵……」有奕巳笑了出來。

「笑什麼？」慕梵皺起眉頭。

「以你的實力，你想做什麼的話，有誰攔得住？」

慕梵的深色的眸子閃了一瞬，輕笑，「放心吧。」

至少現在，他不會對這顆星子出手。

於是，在大多數人的默認下，下午的行動就這麼決定了。正如慕梵所說，他們的時間所剩無幾，如果不能在今晚前將事情探查清楚，要塞就會派人來正式調查，可就為時已晚了。

「我出門了。」

有奕巳收拾好東西，對屋裡的人打招呼。有琰炙背對著他坐著，背影似乎有些悶悶不樂。

「師兄，不，哥……」有奕巳無奈道，「我會照顧好自己的，你別擔心。」

「拿著這個。」有琰炙扔給他一樣東西。

有奕巳拿起來看，竟然是一個木製的護身符。

「既然不讓我跟著，就讓它在你身邊守護你。」

有奕巳握著護身符，露出笑容。

「謝謝你，哥。」

他下樓時，臉上的笑意還未褪去，以至於慕梵不解地多看了他一眼。

「為什麼笑得這麼春心蕩漾？有琰炙跟你說什麼了？」

「你才春心蕩漾！」有奕巳惱羞地道，「關你什麼事！」

慕梵無所謂地嗯了一聲，眼神裡卻閃過一道陰翳。

「到了。」走在前面的齊修開口，卻攔下兩人，「屋裡有人。」

於是，三人便躲在街角，觀察對面屋子的動靜。

不一會，屋門打開，一名穿著制服的男人走了出來，柏清跟在他身後，兩人說著什麼。

「那是檢察官助理的制服。」有奕巳皺眉，「這個人，應該是來送出庭傳票的。」

也就是說，離柏清的審判日沒幾天了。

與他們一街之隔，檢察官助理與柏清也在談論此事。

「按理說，你母親無人照顧，你又申請了特殊擔保，在審判前根本不該監禁你。」年輕的助理嘆了口氣，道：「但是最近出了這麼多事，很可能上面會派人來請你回去，請做好準備。」

柏清點了點頭，「好的。」

「還有，你的辯護人準備好了嗎？如果是擔心資金不夠，我可以幫你向司法部申請法律援助。」

柏清搖了搖頭，「我自有打算，謝謝。」

這名助理最後看了他一眼，眼中流露出些微的憐憫，向他點了點頭。

「一週後開庭，請做好準備。」他轉身準備離開。

然而，一切發生得太過突然，就在檢察官助理轉身的剎那，從屋旁的角落裡竄出一個黑影，刺中了他。

柏清驚怒，「你做什麼！」

「做什麼？」黑影收起匕首，「就是擔心你同情心氾濫，把人放走，我才在這裡啊！」

來人躲在氈帽下，看起來身高還不到柏清的胸前，但是迅猛的身手讓人不敢小覷。

「你殺了他？」柏清低吼。

「還沒有。」黑衣人冷哼，「但是留著他也沒用。」說著，就要補刀。

柏清攔住他，「他什麼都不知道，他是無辜的人！」

「無辜？」黑衣人似乎被刺激到了，拉下兜帽露出面容，「世上誰不無辜？那麼我呢，你說我要去找誰負責！」

看清黑衣人面貌的剎那間，有奕巳的瞳孔縮了縮。

沒有耳朵、沒有眼白，手上還布滿了奇怪的鱗片，整個人看起來充滿了詭異的違和感。

這就是羅興說的，受到輻射後發生變異的人嗎？

有奕巳忙著驚訝，以至於沒有注意到，在看見黑衣人面貌的瞬間，慕梵的手顫抖了一下。

王子殿下緩緩深呼吸，嘴角露出一絲冷意。

第三十一章　循風而動（二）

瑪律斯和靠近沉默之地的其他星球一樣，雖然做了各種防範措施，每年仍會有極少數的新生兒因輻射導致先天畸形。

滕白，就是這極少數的畸形兒之一。他生下來便是這副模樣，被親生父母遺棄，在孤兒院長大。十歲時，他發現自己在異能上的特殊天賦，便逃出孤兒院，一直在外遊蕩。在黑暗的夾縫中生存了五年，看多了爾虞我詐、人心險惡，滕白從不認為，世上還有人是真的無辜。

因此對於柏清的憐憫，他打從心底感到不屑。

「你……」柏清自知說服不了他，嘆氣道：「你也不必再補刀了，就將他放在這裡，任他自生自滅吧。」

躺在地上的檢察官助理因為失血過頭，臉色一片慘白。

滕白哼了聲，收回武器，「閻輝上校要我把他帶回去，拷問情報。」

「他知道的還沒我多，只是負責送傳票而已。」柏清說，「快走吧，不是要去集合嗎？」

滕白看了他一眼後，沒再多說，隨著柏清離開了。

他們前腳剛走，後腳有奕巳等人就從街角冒了出來。

齊修去屋裡探查了一番，「沒有人。」

「看來柏大哥將他的母親移到別的地方去了。」有奕巳摸著下巴，看著地上的檢察官助理，「還有氣嗎？」

「再待十分鐘，有氣也變沒氣了。」

這傢伙就不能好好說話嗎！有奕巳白他一眼。

「齊修，把人帶回去救治，不要驚動鎮上的人。」有奕巳說，「我和慕梵跟著他們過去看看。」

「可是……」

「放心。」有奕巳對他道，「要是真出了什麼事，琰炙師兄知道該怎麼做。事關人命，你先送他回去。」

齊修望了他們一眼，沒再說話，背起地上昏迷的人，潛入小巷。

慕梵早就等在一旁了，「追？」

「追！」

兩人邁開步伐，循著之前的蹤跡而去。

有奕巳和慕梵遠遠地跟在柏清兩人身後，看見他們輕易地通過了鎮上哨口的檢查，登上了升降梯。

「怎麼辦？要是我們也過去，就會被守門的民兵發現蹤跡。」有奕巳皺著眉，打算想想有沒有解決辦法。

沒想到，慕梵已經大咧咧地走出藏身之處，朝守門人走去。

「喂喂，你幹什麼！」有奕巳拉住他。

慕梵低頭看了他一眼，嘴角一勾，握住他的手。

「別出聲，跟我走。」

他的神祕表現，讓有奕巳不知不覺乖乖聽從了。他幾乎是看著慕梵帶著自己，一步一步地走近民兵身邊，一步、兩步，路過崗哨，然後登上升降梯。在這過程中，民兵就像沒看見他們似的，眼珠動都沒動過一分。

直到外面的建築逐漸變小，小鎮從視線中遠離，有奕巳才鬆了一口氣。

「你能控制他人的思維？」

他早該料到，慕梵的能力不僅於此。

慕梵沒有回答，只是一直看向前方，等到升降梯停穩，他們從出口走出來後，有奕巳才聽到他開口。

「你覺得，那個人是怎麼回事？」

那個人？

有奕巳過了一秒才反應過來，他指的是那個披著黑風衣的畸形少年。

「是輻射的後遺症吧。」有奕巳說，「但是總覺得……」

「總覺得奇怪是嗎？」慕梵轉過身來看他，嘴角噙著一絲莫名的笑意，「就算是輻射畸形，那為什麼不是多長出四肢，或者是變成六指，而是像野獸一樣變成了不似人類的模樣。看他那樣子，更像是──」他笑了一下，「像是我們。」

這就是有奕巳沒說出口的。

在看到那個少年的一瞬間，他幾乎就想起了海裔。海裔與人類並不相似，他們身上保有的一些原始特徵，讓他們更像是野獸。無論是異瞳、鱗片，還是耳朵，那個傢伙都和海裔很相似。

然而，僅僅是輻射就會把人類變成海裔嗎？還是，沉默之地本身就有什麼祕密？

有奕巳看向慕梵，聽見他低喃道：「這也是我想弄明白的。」

他們一路跟在柏清身後，看著兩人在地底的暗道裡穿梭，似乎十分熟悉這裡的地形。然而走到一半，慕梵卻突然警惕起來。

對方一停下來，有奕巳才察覺到，自己的手一直被他握在手心裡，只是因為一路上太過緊張，自己便忽視了這點。

「你感受到了嗎？」

「什麼？」有奕巳有些彆扭，想把手抽回來。

「磁場。」慕梵漆黑的眸子看著他，手握得更用力了。

磁場？

有奕巳剛開始思考，腦海中的第六感就警告他有危險！

他抓住與慕梵相交的手，把人用力往自己身後一拉，躲過了空氣中一閃而逝的寒芒。

襲擊者並不打算放過他們，繼續追擊了上來。地道中相當昏暗，有奕巳連對手從哪裡攻擊都分辨不出來，但對襲擊者來說，這似乎並不是問題。

第二次攻擊，很快就襲擊到眼前——卻被人攔下！

是慕梵。在黑暗中他的視野同樣不受限制，攔下了對方一擊後，他仍緊握著有奕巳的手，沒有主動出擊，這讓有奕巳覺得有些奇怪。

「磁場？」他低呼，「是卯星的那種磁場嗎？」

慕梵點了點頭，汗水從他的太陽穴下滑下。有奕巳是第一次看見，向來戰無不勝的亞特蘭提斯王子殿下，露出這樣力不從心的表情。的確，如果真是卯星的那場磁場，他沒有立刻變形或暴走，就已經很難得了。

這時候，攻擊者似乎對自己的兩次失手感到很懊惱，質問道：「你們是誰！」

有奕巳聽出了他的聲音，是那個跟在柏清身邊的少年，而同時他也聽到了柏清的聲音。

「滕白！」柏清趕了過來，「是什麼人？」

「不認識的傢伙。」滕白道，「一直跟在我們身後，要不是快到基地時露出了破綻，我還發現不了。」

此時，有奕巳知道如果再不表明身分，情況可能會更惡劣，於是便開口：「柏大哥，是我！」

「小奕！」柏清真的嚇到了，「你怎麼會在這裡？」他頓了一下，苦笑，「也對，學校恰好在附近進行試煉，你在也是正常的……我怎麼沒想到這點。」

有奕巳心想，你沒想到的事多著呢，試煉根本不是恰好選在這裡，而是我建議的！

當然，他沒預料到的事比對方更多。畢竟本來只是一場尋人之旅，竟會牽扯出這麼多的波瀾。

「柏大哥。」他放緩口氣道，「軍事法庭已經向你送達傳票了，是不是？我跟著你只是想看看你現在過得怎麼樣，我相信你們是無罪的。」

「小奕……」柏清嘆息道，「何必呢……」

「我們在鎮裡執行追捕C級逃犯的人物，遇到你真的只是意外。但是既然遇到，我就忍不住跟了過來。」有奕巳半真半假地說著，「柏大哥，讓我為你辯護吧，我不想讓你背負著罪人的名聲。」

柏清猶豫起來。

滕白冷笑一聲，「你相信他說的話？」

「不管怎麼樣，他是我的師弟，和任何一方都沒有關係。」

兩人爭執的期間，有奕巳感覺到慕梵的狀況似乎變好了些，握著自己的手不再那麼用力了。同時，他的大腦也在飛快地運轉著。如果這裡真有卯星上的那種磁場，為什麼柏清和那個人沒事？

他一抬頭，隨即注意到，柏清和那個叫滕白的人脖子上，都掛著一塊熟悉的藍石……等等，那自己是怎麼回事？他都已經異能五級了，為何還不受這些磁場的影響？

想不通沒關係，這不妨礙有奕巳裝出面色蒼白的模樣。

「柏大哥……」他低喘著氣，「無論你相不相信我，但我絕對不會對你不利……」他看起來逐漸失去力氣，和他扶著的慕梵一起跌坐在地。

見狀，柏清連忙上前攙扶，回頭道：「他沒有守護石，根本不需戒備，而且他也不知道我們的情況！」

看見兩人的模樣，滕白似乎也放鬆了戒備。看來他們斷定，沒有人可以不受磁場的影響。

柏清扶起有奕巳，心疼道：「你怎麼樣？還能動嗎？唉，怎麼偏偏會在這時候……」

有奕巳能感覺到，在柏清走過來時，慕梵的身體微微顫動了一下。有奕巳趕緊回捏了一把對方的手，讓他不要輕舉妄動。

正準備趁機攻擊的慕梵，只覺得被捏過的地方麻麻的，他看了一眼有奕巳，放棄了動手的打算，畢竟他也只是「暫時」擺脫了磁場的影響力。

讓他擺脫影響的原因——低頭望著與有奕巳交握的手，慕梵的嘴角牽起一股笑意。

握住這個人不放手，看來是他至今為止最明確的一個決定。

此時，這邊的動靜也引來了更多人。

「柏清、滕白，怎麼回事？」有人從暗道裡走出，高聲問道。

借著優秀的夜視力，慕梵清楚地看見了他們的面容。

那是一群穿著軍服的軍人，不，現在該說是前軍人了。慕梵認出來，這幫人有不少都是通緝令上的逃犯。

逃犯、祕密集結、神祕磁場……這些人，難道是在準備叛亂嗎？

如果是這樣……慕梵側頭，自己身邊的這個人，會怎麼應對呢？

於此同時，對慕梵和有奕巳的處置決定了下來。

看起來像是首領的人說：「把他們帶回基地，和之前抓住的那批學生，收押在一起！」

好吧。

有奕巳想，至少他們算是完成任務，知道失蹤的那幫同學在哪了。

這些人口中的基地，並沒有有奕巳想像中那麼大，甚至只是一個容納數十人的小房間。然而比起昏暗的室外，房間內的燈光讓他足以看清對方的容貌，也讓對方看清了他們。

看見有奕巳，為首的那人皺了皺眉，沒說什麼。然而，在看清慕梵的面容後，那人的表情就變得有些奇怪，像是驚訝也像是戒備。

果不其然，有奕巳下一秒就聽見他的喝問。

「柏清。」閻輝上校蹙眉看向自己的昔日下屬，「你知不知道，你究竟帶回了什麼樣的麻煩？」

柏清一愣，「小奕只是一名學生而已，你是指——」他望向慕梵，眼神中閃過錯愕。

這時閻輝走到慕梵面前，仔細打量著他。

「殿下，沒想到您也會到我們這個偏僻的小地方來。」

殿下?!

現在共和國與帝國，能使用這個稱呼的人有幾個?另外幾人詫異萬分。

「怎麼可能是他？」

他們看著一頭短髮、衣衫不整而顯得有些狼狽的慕梵，怎麼也不能和以往看到的那個王子聯想在一起。

「想證明很簡單。」闍輝低喊一聲得罪了，就要伸手向慕梵的耳朵摸去。然而半途，他的手卻被另一人擋住了。

「既然知道他是慕梵殿下，這樣的舉動很失禮吧！」有奕巳擋在他面前，似乎那一擋已經用盡了所有力氣，只能怒氣沖沖地瞪著對方，「你究竟是誰，把我們帶到這裡來做什麼？」

「做什麼？」闍輝頓了一下，朗聲大笑起來，他一把抓住有奕巳的頭髮，把人拉了起來。

不顧柏清的阻止，他狠瞪著眼前的少年道：「看著眼前這一幕，你難道還猜不出來嗎?北辰有史以來最出色的天才，蕭奕巳同學。」

「我……」有奕巳心下一驚。

「不要試圖在我面前偽裝成弱者，我知道你的本事。不止我，少將也知道你。」闍輝的力氣漸漸小了下來，「原本他還想著，如果以後你願意進入軍隊，一定要把你這樣的人才拉攏到第三艦隊。可是現在……」他捂住臉又笑了起來，笑聲卻帶著一股淒涼。

不僅是他，周圍其他人也都沉默下來。第三艦隊的總指揮，衛止江，目前以反人類罪被指控到最高軍事法庭。

有奕巳清楚，背負著這樣的罪名，衛止江很可能會成為幾百年來，共和國第一個被處以死刑的高級軍官。

「你們不會是……想謀反吧？」他說。

「謀反？」閻輝看向他，「不，我們只是想救回將軍，只是想為犧牲的兄弟洗脫恥辱！如果共和國不能給我們這一切，我們就自己去爭取！」

說到底還是謀反。

「不可能的！就你們這些人，外面還有雷文要塞和共和國這麼多艦隊，你們是在送死！」有奕巳低吼。

「雷文要塞。」閻輝笑了笑，「對，就是雷文要塞。你說，如果要塞的人和我們一起叛變，中央的人還會無動於衷嗎？」

「要塞不可能會──」有奕巳還沒說完，他頓了一下，明白過來。

雷文要塞的確不可能會主動謀反，但如果是被迫之下呢？如果這幫人用其他事物威脅他們呢？比如整個星球的性命之類的。

磁場，足以遏制鯨鯊能力的那種神祕磁場，現在正被對方掌控著。雖然不知道對方是如何做到這點的，但是顯然，這就是他們最大的憑仗。

「上校，時間快到了。」有人湊到閻輝身邊低聲道。

閻輝點了點頭，眼中流露出一種偏執而激動的光芒。

「證明那些人錯誤的時刻要到了！」他看向有奕巳，「我會讓你明白這點的。」

「帶上他們！」

沒有人反對閻輝，也許是這些人早已無路可走，多想無益。因此，有奕巳和慕梵算是以見證者的身分，被這些人帶了出去。

離開前，他瞥見之前失蹤的小隊的人，還被關在密室裡。

「不用擔心，等我們解放了雷文要塞，所有人都會和我們一起踏上正確的道路。」閻輝說。

有奕巳覺得，這個人有點走火入魔了。

他們被趕著走出了地道，天邊一絲微亮的光芒刺痛了有奕巳的眼，他低頭握了握懸掛在脖頸間的木質護身符，像是要握住這一道光輝。

閻輝的人走到地面後，很快就和接應的人聯絡上了，他們沒有乘坐飛車，而是徒步前進。

有奕巳注意到，每個人胸口都掛著藍石，代表磁場仍持續發揮著作用。

「小奕。」

柏清走到他們身旁，語氣愧疚道：「抱歉，我不該將你們牽扯進來的，可是現在長官已經聽不進我的話了……我只能讓他們把磁場的作用力減小一些，你就不會那麼難受了。」

他們竟然可以控制磁場的強弱！

「柏大哥，你知道你們在做什麼嗎？」有奕巳心底暗驚，面上卻不動聲色道，「這是叛亂，而且幾乎不可能成功！先不說守衛森嚴的雷文要塞，國內還有那麼多艦隊，你們要怎麼以寡敵眾？」

「小奕，你不明白。」柏清嘆了口氣，「上校他們之所以有恃無恐，是因為他們根本不在意這些。我們也不是想叛國，只是想爭取一些籌碼。」

有奕巳問：「你們究竟要做什麼？」

柏清眼神沉了沉，卻沒有回答。

「還不明白？」

一直沒有動靜的慕梵突然出聲，話語裡帶著譏諷，「他們是想以這個星球上的人為人質，逼迫雷文要塞的人束手就擒。」

什麼？

「如果我沒猜錯，那種能使我們衰弱的神祕力量，對電磁或能量場也有影響。如果大範圍展開這種磁場，會對瑪律斯星球上空的隔離罩造成什麼影響……你們自己想想看。」慕梵冷冷道，「這些人已經瘋了。」

大範圍的施展磁場……影響電磁和能量……那麼天空中的隔離罩第一個就會失效，而等待星球上所有居民的，將是沒有經過削弱的輻射！

「你們瘋了嗎！」

有奕巳忍不住去抓柏清的衣袖，「星球上還有幾十萬人，你要把他們毫無防備地暴露在輻射下？這是在謀殺！」

「謀殺？」滕白轉過頭來冷笑，「只是暴露在輻射下一會，這些人就受不了？」他的眼裡透著嫉恨，「那麼我承受的這些痛苦，又算什麼？」

「無論如何，柏大哥，你不能這麼做！」有奕巳勸解道，「如果之前還可以說你們是無辜的，這樣做以後，就真的會背上罪名！」

「小奕……」

「到了。」滕白笑了笑，眼中閃過一絲得意，「如果你真有辦法阻止我們，就試試看啊。否則，就在一旁看好戲吧！」

有奕巳抬起頭才發現，他們已經步行到了一處動力裝置下。這座動力裝置直達天空，發著瑩瑩白光，就是隔離罩的能源支點之一。這幫人如果真想破壞隔離罩，就會從這裡下手。

他看見閻輝拿出一個奇怪的反應裝置放在底座下方，這座動力站開始受到影響，支撐著隔離罩的能源開始減弱。

如果這裡真的被破壞，產生的後果簡直難以想像。

「給要塞發送資訊。」閻輝說，「告訴他們，我們只等五分鐘。在此之前，先證明給他們看我們的能力。」

「住手！」有奕巳忍不住嘶吼，「你們這是在謀殺近百萬無辜的人！」

閻輝望向他，笑了，「謀殺？我們早已背上這個罪名了。」說完，他的手就要按下反應裝置的開關，讓磁場作用力擴到最大。

千鈞一髮之際，一道灰色的影子快速閃過所用人，衝向能源裝置。

滕白眼疾手快地攔下他。下一秒，站在能源裝置附近的幾人脖子上一輕，藍石被奪走了。

原來，襲擊者的目的並不是反應裝置，而是剝奪這些人的藍石！這一切攻擊到完成，只用了不到五秒，而出手的人正好整以暇地站在磁場最中央。

慕梵銀色的短髮在晨風中飄動，暗沉的眸子好似一隻伺機而動的凶獸。

失去了藍石的守護，滕白渾身無力地倒了下去，他不甘地怒瞪著對方，「你怎麼——」

你怎麼能動！

慕梵不理會他的錯愕，向有奕巳催促道：「快去！」

有奕巳快步走向反應裝置。

「沒用的！」滕白大笑，「沒有口令，你根本無法催動光腦停下運轉！」

有奕巳回頭看了他一秒，輕聲笑了。

「你說我辦不到？」

下一刻，在所有人詫異的目光下，有奕巳按住儀器表面，用盡全身力氣施展異能。

停止！

僅僅一個念頭，反應裝置便黯淡了下去。它的外部並未收到任何損毀，就這樣失去了作用，簡直就像控制機械運作的光腦乖乖地遵從了指令。或者說，服從了有奕巳的命令。

這時的慕梵，也終於能喘口氣了。

其他人看向有奕巳的目光，頓時充滿著驚恐。

這個傢伙，究竟是什麼人？

第三十二章　循風而動（三）

現場的空氣幾乎凝結，只聽到呼嘯的風聲，還有有奕巳微弱的喘氣聲。

這是他第一次嘗試用異能控制人工智慧的意識，事實證明他成功了，卻幾乎用盡了全身力氣。

現在的有奕巳，連站的力氣都沒有了，就在身體失控，要跌倒在地的那一刻——

慕梵輕輕摟住了他。

「沒事吧？」

有奕巳搖了搖頭，卻幾乎無力出聲。

「不可能！他究竟是什麼人？」失去磁場的制約，滕白從地上爬起來，失控道：「為什麼他能停下光腦的運轉？為什麼他不受磁場的影響？這傢伙是誰？」

他激動之下，就要衝上前去撲到有奕巳面前，卻被慕梵一腳踢開。

「不要碰他。」王子殿下冷冷道。

恢復了全力的慕梵，只需一擊，就將對方踢得吐血。這時，其他人也用警惕的目光看著他們。

「看來，兩位是非要干涉我們了。」閻輝聲音低沉道，「你們也同中央的那些敗類同流合污了嗎？」

「同流合污？」有奕巳恢復了點力氣，輕笑道：「你現在是不是覺得，你們是世上最悲劇、最可憐的角色？」

閻輝一愣。

有奕巳繼續說：「背負著使命出征，卻被扣上了莫須有的罪名。昔日的長官和戰友，正面臨著嚴峻的審判。所以你們憤怒，你們覺得受到了不公，就想要反抗？好一齣大戲，好可憐的命運，我幾乎忍不住要拍掌叫好……然而我最後悔的是，之前還會認為你們是真正的軍人！你們這群膽小的懦夫！」

「你！」其他人面露怒色，憤怒地瞪著有奕巳。

「我說錯了嗎？」有奕巳輕蔑地笑，「如果覺得不公，那就證明自己的清白。軍事法庭一樣是法庭，它可以用來審判你們，也可以用來證明你們的無辜。可是你們這些人呢？逃離審判，成為逃犯，甚至想利用百姓的生命謀得一己之利！你們這個樣子，哪配稱得上是北辰的軍人！」

閻輝吼了回去：「那你說我們該怎麼做？將軍三天內就會被送上審判庭，軍事法庭根本已經被中央的人控制了，我們該怎麼做，才不會讓將軍去送死！」

有奕巳也毫不客氣地回嘴：「那你是蠢啊！以為拿雷文要塞做籌碼那些人就會屈服？好，就算他們迫於壓力放出了衛少將，那麼其他要被送上法庭的戰友呢？只會被你們連累！而你們所有人，都將成為真正的惡徒！依我看，你們讓衛少將背負的，才是更大的恥辱！」

閻輝頓住，眼神中流露出痛苦。

「可是，我們真的沒辦法了……證據都在他們手裡，他們說什麼都是對的……我們還能怎麼做？」

有奕巳的口氣緩了下來，「誰說證據都在他們手裡？最近我們星法學院的老師們一直在忙碌著想幫你們辯護。少將的辯護人，就是我的一位教授。大家都在做最大的努力拯救你們，你們卻偏偏要放棄！」

「不可能的。」閻輝絕望地搖頭，「最關鍵的證據是，當時我們是否得到了命令擊毀那顆居民星。中央軍部銷毀了證據，誣告我們。」

「銷毀了，就不會留下痕跡嗎？」有奕巳突然笑了，「你知道，為什麼有王耀上將一直沒有出聲嗎？明明你們也是他的下屬。」

難道不是因為上將和中央同流合污了嗎？其他人疑惑。

有奕巳露出一個我就知道你們會這麼想的表情，他借著慕梵的力量起身道：

「師兄，你來向他們解釋吧。」

師兄？他在和誰說話。

就在其他人面面相覷之時，空地上傳來了另外一道清冷的聲音。

「你答應過我不會受傷。」

一個俊美無儔的身影從旁邊的田地裡緩步而出，臉上彷彿帶著一層陰雲，但是絲毫沒有減少那份奪目。與外貌相對應的，是他每走一步時其他人所感受到的壓迫感。

乾階高手，又如此年輕。

閻輝低聲念出了他的名字。

「有琰炙……他怎麼知道我們在這裡？」

有奕巳摸了摸胸前的護身符，那其實是一個微型跟蹤器和信號發射裝置。在走出地下的那一刻，他就將資訊傳給了有琰炙。要不是有這樣的護身符，有琰炙也不會放心讓他外出。

無視周圍人震驚的目光，有琰炙走到有奕巳身前，伸手就要扶起他，卻撲了個空。

慕梵摟住有奕巳的肩膀微微後退一步，對上有琰炙的視線，笑道：「現在應該還有更重要的事要做吧，師兄。」

有琰炙看了他一眼，須臾，轉身對那些人道：「他說的是事實。」

「父親一週前就去了中央星系，就是為了動用所有能力，為衛少將和第三艦隊的人洗清罪名。」有琰炙說：「中央不僅有我們的敵人，也有合作伙伴，只要說服一個家族為我們站出來說話，就可以減少威脅。」

「那又怎麼樣？關鍵是哈默家族的力量那麼強大，怎麼可能放過這次機會？」閻輝還是不肯相信，「他們一定是想要將第三艦隊萬劫不復。」

「哈哈，我怎麼不知道，我們家有這樣的野心？」又一道身影走來，他頂著一頭標誌性的紅髮，笑嘻嘻地走到有奕巳身邊，「和慕梵殿下一樣，哈默這個姓氏，簡直是萬年背鍋俠啊！」

沃倫轉身對各位道：「各位，下次再說哈默家族的壞話時，請先確保當事人不在附近。至少這件事我得澄清一下，這次針對第三艦隊的密謀，和我們家族毫無關係。」

看見沃倫．哈默，有奕巳眨了眨眼，笑了。

「伊爾呢？」

「接到你的情報就趕來了，伊爾和克利斯蒂師兄在照顧那些昏迷的學生。」沃倫朝他眨了眨眼，「真行啊，竟然釣上了這麼多條大魚。」

他們兩人一應一合、談笑風生的畫面，惹怒了其他人。

有人大聲道：「一面之詞，我們憑什麼相信你！」

「那你們總該相信我吧？」

「衛瑛小姐！」

有奕巳苦笑，看著一個接一個走來的人，「你們怎麼都來了？」

「這麼大的事，我不放心。」衛瑛轉身道：「我相信叔叔，比起你們的行動，他會選擇等待軍事法庭公正的審判。你們做出這種事，還以為叔叔知道之後，會慶幸自己被你們『拯救』了嗎？」

衛瑛的出現，擊潰了那幫人最後的心理防線。身為衛家嫡系、衛止江的親女，沒有人會懷疑她的話。

「你究竟是誰？」閻輝看向有奕巳的目光充滿驚疑，「為什麼這麼多人都跟在你身邊？」

「我只是一名普通的北辰學生。」有奕巳笑了笑，「而他們跟著我，是因為他們會是我的守護騎士。」又看了沃倫一眼，「或者說是我朋友的守護騎士。」

有琰炙、衛家、阿克蘭家族、哈默家族，還有亞特蘭提斯王子。難以想像這麼多優秀的人，竟然全聚在一個人身邊，簡直像是聚集了星辰的萬星之主。

事實上，只有少數人知道，有奕巳的確擔得起這個稱號。

看到對方沉默了，有奕巳再接再厲道：「無論上將是否能取得決定性的進展，我都有辦法保證，你們絕不會在法庭上受到不公正的審判。」

「你要怎麼證明？」閻輝的口氣現在已經緩和了許多。

有奕巳看向柏清，輕笑道：「我會擔任柏大哥的辯護人，讓法官判定他無罪。這個判決，將成為關鍵性的一環，之後任何人都無法對少將或其他第三艦隊的人做出有罪判決。」

在場所有人都倒吸一口涼氣，包括有琰炙也用不敢置信的目光看著他。

「你做得到？」

這不是懷疑的目光，而是在看一個信口雌黃的瘋子。

「他可以。」

出乎意料的是，有人為他開了口。

慕梵瞥了有奕巳一眼後，繼續道：「哪怕是世上其他人都辦不到的事，他也可以完成。」

有奕巳抬起頭，正好對上王子殿下的眼神。那目光裡沉斂而深邃，似乎還有一絲難以排解的情感？呃，是他眼花了吧？

先不提這個了。

眼下的關鍵是，讓這些人相信自己。

「是的，我做得到。」有奕巳信誓旦旦地道。

那自信的目光，讓任何人都無法再懷疑他。或許，他真的能創造奇跡。

閻輝慢慢放下戒備，開始思考對方話語的可行性，「那我們……」

他話音未落，一個人影就衝出人群，在眾人完全沒有防備之時衝向被停止的反應裝置。

「滕白！」柏清驚呼。

慕梵反應最快，一掌擊向那人影，他確實擊中了對方，但也沒有阻下對方的行動。

在所有人目瞪口呆的視線下，停止的反應裝置，再次被啟動了。

「哈哈哈……」扶著被慕梵擊斷的右臂，滕白瘋狂地笑著。

「拯救？奇跡？」滕白大笑，「我倒要看看，這下你們還怎麼創造奇跡！」

在他背後，失去控制的反應裝置，開始瘋狂運轉起來。

收到消息時，西里硫斯正在實驗室裡，新的研究剛告一段落，讓他疲憊不堪，以至於當他聽到這則消息時，還以為自己幻聽了。

「瑪律斯星球上的隔離罩被破壞，怎麼可能？」他雙眉挑起，溫文爾雅的外面下，透露出一股讓人膽寒的威勢。

前來通報的研究員心裡抖了抖，老實道：「我們也不清楚，是剛觀測到的情況。」

「作為負責隔離罩運行的工作人員，你都不清楚，還指望誰清楚？你的職責就是遇到事情向上級通報而已？」

「主、主任……我這就去查！」

「不用了，我自己去。」西里硫斯揉了揉眉心，「還有，把這個消息告訴蒙菲爾德副指揮，但是不要驚動洛恩閣下。」

「是，主任。」

研究員小心翼翼地看了他一眼後，連忙退了出去。

等蒙菲爾德得到消息趕來時，西里硫斯已經查出了隔離罩失效的原因。

「怎麼回事？先是派出去的學生小隊失蹤，現在又是隔離罩出問題，這顆星球上哪來這麼多煩心事？」走進門的副指揮大人簡直頭都大了。

「接連出事，證明不是巧合。」西里硫斯說，「隔離罩自啟用以來，運行就一直沒有出過問題。偏偏這一次，在瑪律斯星上出了事，你覺得會是巧合嗎？」

蒙菲爾德心頭一跳，「你是指……這是人為的？會是誰？」

「誰做的還不清楚，但是後果十分嚴重。」西里硫斯指著螢幕上開始擴散的紅色小點，「隔離罩被破壞的範圍正逐步擴大，已經無法修復。剛好這幾天，正是沉默之地輻射開始活躍的時期，下一波的輻射高峰將在一小時後抵達。如果在那之前我們沒有解決方法的話——」他沉下臉，「這顆星球上的所有人，都將受到不可挽回的輻射損傷。」

蒙菲爾德心下一緊，忍不住拽著西里硫斯的袖子，「這幾年你不是一直在研究輻射嗎？就不能想想辦法？」

「我只是一名研究者，不是神。」西里硫斯淡淡道，「而且沉默之地產生輻射的原因，至今還未查明。連病灶在哪都不知道，再高明的研究者也找不出治療方法。我建議，在一小時內安排瑪律斯星球上的居民撤離到其他星球，越快越好！」

「幾十萬人怎麼可能在一小時內完全撤離！而且你是要我們放棄一顆農業資源星嗎？這種程度的戰略變動，即便我向洛恩申請，他也不可能輕易批准！」蒙菲爾德簡直快急瘋了。

這時候，西里硫斯卻顯得出奇的冷靜。

「也不是完全沒有辦法。」

「什麼？」蒙菲爾德扭頭盯著他看。

穿著白袍的年輕人望著遠處的瑪律斯星球，顧左右而言他，「沉默之地的輻射是兩百年前產生的。兩百年前那裡發生了什麼，你不會忘記吧？」

「……是有卯兵將軍戰隕。」

「那只是其一。」西里硫斯轉過頭來，那雙眼睛裡亮起狂熱的光芒，「和他一起隕落的，還有一名亞特蘭提斯王子，一頭鯨鯊！一種星際最神奇的物種！而現在——」他上前一步，像是要透過要塞的防護玻璃，抓住那顆星球，「唯一可能改變這顆星球命運的人，也只有他了。」

「滕白！」

閻輝身上還帶著藍石，不受磁場影響，他怒吼著撲上去，將滕白一把拎了起來，「你究竟在幹什麼！你明白你在做什麼嗎！」

他的拳頭揮舞著，又遲遲沒有落下，而滕白的兜帽落了下來，露出那張畸形怪異的臉龐。

「我在做什麼？」滕白桀桀怪笑，「只是想讓你們體會一下我經歷過的事。怎麼，不可以嗎？一想到變成這副模樣，你們就害怕了嗎？」

「上校！」有人跑上前去檢查儀器的狀況，「智腦被破壞了，已經無法停下磁場的反應了！」

「滕白，你——」閻輝怒極攻心，「你太讓我失望了！」

「失望？」滕白高聲反問，「誰叫你們對我有期待了？本來我加入你們，就是想跟你們幹一場大的，誰知道沒幾句就被這個黃毛小子說服了！你們真以為他能幫你們救衛止江出來？恐怕等談妥之後，他做的第一件事就是把雷文要塞的人喊來，將你們全部抓回去吧！你太天真了，上校。」

「無論是認為他會幫你們，還是允許我加入，你都沒想過後果吧？」滕白輕笑，「閻輝上校，你聰明，但是也愚蠢。相信別人，就是世上最蠢的事。」

閻輝咬著牙看他，右拳卻遲遲沒有落下。

「打啊，怎麼不打？」滕白冷笑，「難道你在可憐我？哈哈，可憐我這個變異的怪物嗎！你以為自己有多——」

啪！

一記響亮的耳光，落在了滕白的右臉上，讓還在肆意大笑的人愣住。

有奕巳不停，又是狠狠一記打在他左臉上。

連續兩掌，毫不手軟，將對方的臉打得高高腫起。這時，其他還在憤怒中的人，根本還沒有回過神來。

「你要人打嘛。」有奕巳微笑地看著他，「我打了，舒服嗎？」

「你！」滕白回過神，雙目赤紅地看著他，「你憑什麼打我，你有什麼資格！」

「無論是替這顆星球上的幾十萬普通百姓，還是替相信過你幫你當做同伴的人，我都可以替他們打你兩掌！實際上，我覺得兩拳還不夠把你打醒。因為自己受輻射變異，就仇恨所有人？因為自己痛苦，就要讓所有人都痛苦？簡直沒有見過比你更無知自私的人了！」

「混蛋！放開我！」滕白恨不得咬死有奕巳，然而沒有藍石的他，在磁場的影響下根本使不出力氣。

有奕巳上前，看著滕白，輕輕拍了拍他的臉，「不服、嫉妒，覺得不公平？覺得我這種處境優渥的傢伙能懂什麼？可你又知道什麼呢，我見過先天有缺陷或後天失利的人，可遠不止你一個。」

「有的人因為幼時的意外，受了不可挽回的損傷，只能拚命掩藏著自己的缺陷。」

「有人生下來就被預言活不過三歲，被認為背負了詛咒；還有人一天到晚玩著什麼背叛遊戲，被裡裡外外的人都瞧不起；甚至有人隨時面臨著家族的滅頂之災……」

在場所有人，都覺得自己躺著也中箭了。

「就連我。」有奕巳笑了笑，「我去基礎學校做判定時，曾被斷定為永遠不可能掌握異能，是個天生的廢柴。但是現在，我異能已經五級，是北辰軍校有史以來最出色的首席。

「而我剛才提到的那些人，也都是首屈一指的精英。你可以說他們大多數都比你幸運，沒有你這麼凄慘。但我也可以說，即便你和他們互換了身分……你依舊是個廢物。」

他湊到滕白耳邊，「而且你永遠都不知道，自己輸在哪裡。」

有奕巳說完，看見滕白漲紅的臉龐，他舒了口氣，走回同伴們身邊，將叛逃軍人們落下的藍石掛在他們脖子上，這些人才又恢復了力氣。

在這之前，他們只能靜靜地看著有奕巳從精神上碾壓滕白。

「你幹嘛那麼挑撥他？」有琰炙不解地問。

「出口氣不行嗎？」有奕巳道，「對了，情況怎麼樣，能聯繫上要塞嗎？」

有琰炙搖了搖頭，「大概是受磁場影響，通訊裝置都無法聯繫到星球外。而且——」他皺眉，「磁場的範圍在擴大，沒有這種石塊，有異能的人都不能輕易進入瑪律斯星球。雷文的救援，可能無法及時趕到。」

情況變得更糟了。即便是一向遊刃有餘的有奕巳，也想不到更好的辦法。

現在，他們這邊能行動的人只有五個，而閻輝那邊還有十幾人，他之所以去喝罵滕白，也是借機提點閻輝，關鍵時刻，不要一錯再錯。

值得慶幸的是，閻輝還不是那麼無腦的人。事情超出他的掌控後，他便來向有奕巳尋求建議。

「我們本來只打算破壞一個動力基站，威脅雷文要塞。但是現在，磁場已經不受控制……」閻輝說，「可能整個星球的隔離罩都會被破壞。」

「還要多久？」

「不用一個小時。」

一個小時。

有奕巳此時的想法，和要塞裡急得跳腳的副指揮一樣，一個小時派星艦過來救人都來不及，能做些什麼？

自己還能做些什麼？有奕巳看著自己的掌心，大腦拚命運轉。

然而無論想出了何種方法，最好的結果也必須徹底放棄這顆農業資源星。到時候，閻輝他們做過的事就無法保密，勢必會帶給等待審判的其他軍人惡劣影響。

可惡！難道事情已經沒有轉機了嗎？

就在這時，一雙手輕輕搭上他的肩膀，用力按了一下。

有奕巳抬起頭，注意到慕梵站在他身邊，卻沒有看向他，而是詢問閻輝。

「下一波輻射高峰，你們知道什麼時候會抵達嗎？」

「一小時內。」閻輝說，「和隔離罩被完全破壞的時間差不多。」

慕梵又問：「輻射的範圍會影響到整個星球嗎？」

「是的，瑪律斯星球正處在輻射波的必經之處。」

「你問這個做什麼？」有奕巳拉住他。

慕梵看著他，笑了笑，「如果能在輻射波抵達前，先行吸收了這波輻射，會怎麼樣？」

有奕巳瞪大眼，「怎麼可能，那可是足以覆蓋附近星域的輻射波！就算是派出一百艘星艦去擋也擋不住，誰又能……」他說到一半話愣住了。

一百艘星艦都無法遮罩，那一千艘或是一萬艘呢？

世界上存在數量這麼龐大的星艦嗎？或者說存在那樣龐大到可怕的生物嗎？

存在。就在他眼前。

有奕巳的眼睛越睜越大，嘴巴幾乎闔不攏。

「不，你……」

有奕巳滿腦子想著，他為什麼要這麼做，沒有理由啊！

慕梵只是從有奕巳手裡接過最後一塊藍石，掛在自己脖子上。

「曾經我想，如果遇到像你這樣的人，該怎麼辦。」亞特蘭提斯王子殿下手指滑過藍石，「是毀滅你，還是囚禁你為自己所用……我都認真考慮過。」

有奕巳覺得喉頭有些乾澀，他已經無法思考慕梵這些行為的意義了。

「但是和你接觸後我發現，你是個吃軟不吃硬的傢伙，甚至可以為了一個一面之緣的朋友，做出許多旁人難以理解的行為。對你來說，感情似乎是個很重要的籌碼。那麼也許比起逼迫你，在你心裡留下一些痕跡，才是最聰明的做法。」

慕梵身上開始發出淡淡的銀芒。他望著星空，抬腳踏前一步，整個人如同被銀霧包圍，飄浮在空中，銀色短髮劃過雙眸，遮住了他的眼。

在他身形徹底消失前，留下了一句話在有奕巳耳中。

「看著我，記住我。」

下一秒，有奕巳又看見了那曾經在夢中見過千百回的景象。

一隻體型龐大、有著不可思議美麗的銀色生物，遊蕩在浩瀚星空中。牠輕輕一個甩尾，可以遮蔽半個星空；牠不經意間的擺鰭，可以摧毀一個星球。

鯨鯊，令無數人聞風喪膽的巨獸。

同樣是這隻鯨鯊，又曾那麼嬌小地停在有奕巳的頭頂酣睡。

「慕梵！」

有奕巳終於找回自己的聲音，喚著那個人的名字。

慕梵卻早已聽不見了。

第三十三章　循風而動（四）

CHIEF PROSECUTOR OF THE GALAXY

那一天，住在瑪律斯星球附近的居民們，以及雷文要塞的軍人們，都看到了永生難忘的一幕。

漫天薮野的銀色，像是要將整個漆黑的星空點綴上爛漫的色彩。那個從來只在人們口口相傳中的生物，搖擺著牠巨大的身軀，游進了沉默之地。

直到最後一縷銀芒消失時，所有人都還回不了神。

「是慕梵！是鯨鯊！」

西里硫斯瘋狂地念叨著這兩個詞。

「快，搜集最新資料，監測輻射波，給我調集太空中元素的異變數據！」他像是著了魔一樣，命令研究人員開始工作。

而在他附近的蒙菲爾德，則是枉若夢中。

「那是……什麼？」

「你還不明白嗎？」西里硫斯笑看著他，「那是一隻鯨鯊。」

「主任！」這時，負責監控的研究人員彙報道：「輻射波消失了！不僅是瑪律斯星球附近，從沉默之地洩露出來的輻射能量，全都不見了！還有……」

西里硫斯忙著搜集資料。

蒙菲爾德則一拍大腿，開始下令。

「派一個中隊去瑪律斯星球上，查清楚情況，還有——」他苦笑一聲，「聯繫帝國的外交部和邊境總督，告訴他們……他們的王子殿下，進入沉默之地了。」

麻煩大了。

蒙菲爾德心想，史無前例的大麻煩要找上門了。

被慕梵帶走的似乎不僅僅是輻射波，還有影響眾人的磁場。在慕梵化作鯨鯊離開後，眾人才發現，磁場的反應裝置似乎受到某種巨大的能量衝擊，停止了運動。只可惜，即使阻止了危機，已遭破壞的隔離罩卻無法修復了。

發生過的事，留下了清晰的刻痕。

有奕巳站在原地，頭還仰望著星空，直到有琰炙從後面走上來，他才回過神。

「他不會有事吧？」有奕巳不回頭地問。

有琰炙搖了搖頭，「沉默之地向來詭祕，我也不知道會發生什麼事。」

「他是鯨鯊！帝國不到五隻的戰略級國寶啊！難道他還會受傷、會失蹤？」

「小奕。」有琰炙說，「兩百年前，帝國同樣戰死了一隻鯨鯊，世上沒有絕對不會發生的事。」他看著有奕巳黯淡的臉色，又安慰道：「雖然我不知道慕梵為什麼這麼做，但以他的心性，絕不可能是心血來潮，也不會毫無準備，別太擔心他。」

他怎麼可能不擔心？

想起慕梵離開前的那些話，有奕巳就全身不舒服。聽起來簡直像是慕梵為了他才這麼做的。可是可能嗎？他們是百年的仇人，雙方都背負著血債，就算如今化干戈為玉帛，慕梵憑什麼為了他冒險？

但無論怎麼樣，慕梵的目的達到了——要有奕巳記住他。

「暫時先別想慕梵的事吧。」有琰炙對他道，「我們還有很多事要做。」

有奕巳抬頭，看向現場一片狼藉，深吸了一口氣。

的確，在慕梵回來前，他還有事要完成。

在他回來之前。

蒙菲爾德派來的人，很快就查出了事件是源自何處；雷文要塞的人也不是吃軟飯的，很快就調查清楚了。

在有奕巳的斡旋下，閻輝等人的行為並沒有被立即追究。

「閻輝上校他們的確是犯下大錯，但是我想向閣下請求一個機會。」

回到要塞後，有奕巳對蒙菲爾德道：「閻輝上校他們會作為被逮捕歸案的逃犯，遣送上法庭。至於其他的事，請閣下暫時替他們保密。」

「哼，保密？」蒙菲爾德冷笑，「這幫人鬧出了這麼大的事，我沒立刻處決他們已經很仁慈了，憑什麼還要替他們保密？」

「希望您可以答應。」有奕巳冷靜地看著他，「因為您和衛少將都是北辰的軍人，因為第三艦隊被送上審判席而即將破滅的成千上萬個家庭，都是北辰的百姓。您的心不會允許您在這個時候，親自把這些人送上斷頭臺。」

被抓住軟肋的蒙菲爾德暴躁道：「就算我瞞著，他們依舊會被判處死刑！」

「不，還有希望。」有奕巳高聲道，「只要不丟下壓死駱駝的最後一根稻草，就還有可能救回他們！而在審判之後，對於閻輝上校他們這次的私自行為，軍方怎麼處置都可以，哪怕再次將他們送上法庭，他們也無怨無悔。我們只是期望，不要是現在，不要讓其他無辜的北辰軍人因為被他們連累而失去生路。」

蒙菲爾德死死地盯著他，咬牙切齒，幾乎要將有奕巳磨到肚皮裡吃了。過了好一會，他才說：「這件事我做不了決定，我去向洛恩彙報。至於他答應不答應，就不是我管得了的。」

有奕巳這才鬆了口氣，而等蒙菲爾德帶回洛恩指揮的肯定回覆時，他才發覺，自己的後背早已被汗水打濕。

「記住，告訴他們。」蒙菲爾德走過時，低聲道，「這次只是為了那些無辜的兄弟。他們自己的罪，日後依舊要贖！」

有奕巳感激地對他笑了笑。

事情至此，總算避開了絕路。

就在雷文要塞忙著應付帝國外交部的無數追問時，北辰軍校這批來試煉的學生們踏上了返程。

這次的騎士試煉，算是成功了。除了出現意外的有奕巳他們那幾組，其他小隊都完成了各自的任務，騎士與候補生們也在任務過程中締結了牢固的情誼。而有奕巳這一組，因為各種原因，他們的成績在返回北辰後一週，才遲遲公布。

蕭奕巳小隊騎士試煉成績：S。通過測試，成爲蕭奕巳守護騎士的學員爲以下……

這則公告出來後，又掀起了一陣波瀾。S的成績是怎麼來的？是不是有放水？對此持有爭議的人，在看到蕭奕巳他們這組抓捕到幾名A級逃犯的成績後，頓時服氣了。

一年級新生首席蕭奕巳的名號，再次響徹校內外。這時，有奕巳連顧及這些的心思都沒有了。

因為在他們回來的第二天，衛止江的初審判決正式宣判。

衛止江因屠殺平民等罪名，被判處死刑，駁回辯護人的抗辯理由。宣判當天，衛瑛受召返回衛家，臨走前她對有奕巳道：「無論怎樣，我都希望能成為你的守護騎士。」

然而一週後公布的有奕巳的守護騎士名單上，並沒有她的名字。

一切似乎都陷入絕境。

衛止江的辯護律師是莫迪教授，聽說教授在得知判決結果後，整整一週沒有離開過房間。在那一週的最後一晚，有奕巳上門拜訪莫迪，兩人夜談許久。第二天，莫迪教授向上級法院為衛止江提出上訴。同時，蕭奕巳也成功以公民代理的身分，成為了柏清的辯護人。

柏清的庭審將在一週後開始，衛止江的上訴審則在一個月後審理。在這不長的時間內，有奕巳又做了一件引人注目的事。

他在《星法》期刊上，發表了一篇論文，題為——《被告人不能被強迫自證其罪》，即被告人不能被強迫要證明自己無罪。

有奕巳撰寫這篇文章的核心意義是，如果在雙方都舉證不清的情況下，被告人不負有證明自己無罪的責任。

這時還沒有人知道，正是這一篇論文，打響了他們反擊的第一槍，也是有奕巳徹底走入人們眼底的第一步。

到了此時，慕梵已經在沉默之地失蹤整整半個月了。

柏清案庭審的前一天晚上，有奕巳和他的伙伴們通宵苦讀，當他拿起文稿，準備最後校對時，腦海中卻又想起了某個人。

有奕巳放下文稿，問：「師兄，雷文要塞那邊有消息傳來嗎？」

克利斯蒂看了他一眼，道：「還沒有。」

「是嗎……」有奕巳低頭。

「不過，目前也沒有消息說沉默之地附近有發現大量逸散的能量。」克利斯蒂又說。

有奕巳明白他的意思。如果一隻鯨鯊死亡，勢必會在附近的星域遺留下大量不可摧毀的元素能量。當年的沉默之地，就是這麼產生的。

沒有觀測到逸散能量，就說明慕梵還沒有發生意外，但是這麼久都情況不明，也不算是好消息。

直到現在，有奕巳想起當時慕梵的那個背影，仍會寢食難安。

這時，有琰炙走了過來，伸手揉了揉他的腦袋。

「不要想這些，明天的事才是最重要的。」

「嗯。」

克利斯蒂側目，尚不知曉有奕巳身分的他，對兩人之間的關係如此之好，還是感到不太理解。在他看來，有琰炙願意成為某個人的守護騎士，已經是件很神奇的事了。

見到有琰炙投來的目光，他點了點頭，稱呼對方。

「騎士長閣下。」

目前有奕巳的守護騎士一共有三人，達到組成一個騎士小隊的最低標準。位階最高的有琰炙，自然暫居首領地位，克利斯蒂是副手。而最後一名騎士，齊修，似乎很少出現，反而他跟在沃倫身邊的時間比在有奕巳身邊還多，這也是讓人詬病的一點。

「明天小奕出庭辯護，是首次正式出現在眾人面前。」有琰炙皺眉道，「包括齊修在內，我們三個的護衛工作需要仔細規劃，我要在凌晨之前見到他。還有，出席庭審的服飾已經交給你們，記得佩戴徽章時要順時針轉三下，否則出門不利……」

有奕巳感覺頭痛。這位大表哥，總在一些奇怪的地方特別執著。

他聽著有琰炙在一旁嘮叨，靜靜閉上了眼。

明天，他就要站上屬於他的戰場了。

中央星系的坎多爾星是位於主星域附近的一級星，這顆以商貿聞名的星球每天有上萬個異域商人在此交易，並有三千萬常住居民。同時，坎多爾星也是附近行政區域的一顆二級行政中心，在這裡配有民事到刑事法院，以及一個負責管轄正營職以下軍官犯罪的基層軍事法庭。

柏清案件的審理，就被安排在坎多爾星的基層軍事法院一審。之前衛止江少將的案件，則是在最高級別的共和國中央軍事法院審理。

這也意味著，在它之上，只有銀河第七共和國的最高法院有資格審理衛止江的二審案件。

柏清在開庭前一週就被押送到坎多爾星了，為他辯護的辯護人也即將踏上這顆星球。離正式開庭還有不到五小時，坎多爾基層軍事法庭的司法警察們，出來迎接柏清的辯護人。

他們把飛車停在星港外，一邊抽煙一邊討論著這件案子。

「又是第三艦隊的吧？」坐在駕駛位上的人叼著煙，漫不經心道，「這個月第幾個？」

「我們這邊是第三個，但是整個中央星系算起來快有五十個了吧。」副駕駛說，「聽說還有好幾十個在待審，這次北辰第三艦隊送進來不少人啊。」

「最起碼都是校級以上的軍官。以往多威風啊，現在還不是這樣，嘖嘖……」

「這些大人物的事我們可不懂，對了，這次的辯護人又是北辰那邊派來的嗎？」副駕駛問。

「廢話，中央星系哪個律所敢接這種案子，也只有北辰那群不怕死的人敢來。當然，被審判的也是他們的人，他們不賣力人可就要全被殺光了，哈哈！」

兩人正互相調侃著，就聽到一道低沉的聲音問。

「兩位是坎多爾基層軍事法庭的接送人員嗎？」

駕駛位上的人聞言，連忙站起來。

「我們是，你們——」他的視線，在抬起頭來不到一秒後凝固了。在他身旁的副駕駛不明緣由，也隨之望去，嘴巴慢慢張大，連煙頭快掉到身上都不知道。

他們身後，站著一名穿著白色制服的年輕人。制服修身筆挺，領口和袖口都繡著銀色的十字星芒，樣式簡單卻透露出低調的華麗。而穿著這身制服的人更像是從油畫裡走出來的人物般，一頭白金色的短髮微微遮住眼眸，同色系的淡色雙眸彷佛琥珀含冰，帶著淡淡的冷意。

這個人……嘶，副駕駛被煙頭燙到了大腿，低叫一聲跳了起來。

這個俊美如神祇的年輕人似乎也注意到了他，眼神輕瞥過去，副駕駛頓時緊張得不知道怎麼辦才好。

還是駕駛先找回了自己的聲音。

「我們是坎多爾基層軍事法庭派來接待柏清中校的辯護人，請問你就是……」

他的話還沒說完，眼前的人淡淡笑了一下。

「不是我，而是我服侍的人。」他說著，側身讓出一條路。

兩名司法警察順著他的視線看去，只見在他身後，還站著兩位穿著同樣白色制服的年輕人，他們目不斜視，像是忠誠護衛主人的騎士。而在幾人身後，則是一個俊逸少年。

少年太過年輕的容貌，讓駕駛詫異了好一會。過了幾秒，他才注意到這少年穿著同樣制式的制服，只不過他是黑色的款式。

這位駕駛還在打量對方時，只見少年微微一笑，出聲道。

「請帶我們去軍事法庭吧。」

明明少年身上沒有其他幾人的凌厲氣勢，那笑容卻帶著讓人無法拒絕的壓迫感。駕駛上的司法警察咽了下口水，趕緊下車，將幾人接了上來。

在上車時，其他三名黑衣年輕人明顯以這位少年為主，而他之前的話也讓駕駛起了好奇心。

這個就是柏清的辯護人？未免太年輕了吧？

注意到他的視線，少年抬眸回看，又提起嘴角笑了一下。

駕駛連忙收回視線，再也不敢多看些什麼了。他心想，這幾個……來者不善啊。

有奕巳坐在後座上，透過車窗看著繁華的坎多爾星球，嘴角噙著的淡淡笑意卻漸漸冷了下去。

等車到了坎多爾的基層軍事法庭，有奕巳幾人的裝束和打扮引起了更多人注意。待他們表明身分後，則被再三驗證了身分。

「你是柏清的辯護人？你取得律師資格了嗎？」校驗身分的人質問道。

有奕巳笑了笑，「我是以公民代理的身分替柏清辯護，我本人沒有辯護律師資格。」

聽到是公民代理，校驗人眼裡流露出一絲輕蔑。在很多人眼裡看來，公民代理就是一些沒有考取律師資格或被吊銷律師資格後，從旁門左道來取得案件代理資格的人。

他不懷好意地問：「那你是因社會團體的推薦，還是以柏清親友的身分來代理？」

有奕巳看了他一眼，「推薦我的是北辰軍校校友會。」

「哦，校友會……北、北辰軍校?!」校驗人的眼睛不由瞪大。

有奕巳淡淡道：「雖然我還是在校生，但是既然得到學校的推薦，一定會做好這份代理職責。對了，有需要驗證我的學生資訊嗎？」他遞過一張卡。

經過感應後，資訊浮現出來。

北辰軍校檢察官候補系，一年級首席，蕭奕巳。

學號……

這幾個大字，生生刺痛了校驗人的眼。

軍校是什麼地方，那是一般人都難以進入的象牙塔頂端，而北辰軍校則更是其中翹楚。他本以為這是哪裡來的小人物，誰知……

校驗人看著卡上顯示的資訊，又看了看有奕巳，漲紅了臉，一時都不知道該怎麼繼續下去。

「蕭奕巳同學，抱歉久等了！」這時候，從內堂走出來的一個人替他們解了圍。

「我是這次案件審理的法官助理。」來者對有奕巳伸出手，「你們接下去的安排全權由我負責。幾位，請跟我來。」

有奕巳點了點頭，帶著三位騎士跟在法官助理身後進入審判等候區。

此時，站在門口的校驗人終於回過神，惱羞道：「不就是一個在校生嗎，擺什麼架子！你們代理衛止江的教授，不一樣輸了案子嗎！」他似乎對自己的表現和有奕巳的態度感到很忿忿不平。

「我倒要看看，在這個板上釘釘的案子上，你能折騰出什麼名堂。」他掏出通訊器，將剛才的事迅速傳播了出去。

時間還不到下午，北辰派來一名在校生替柏清辯護的消息，很快就在坎多爾星基層軍事法庭內部傳開了。以至於當有奕巳結束和柏清的短暫會面，正式出現在庭審廳時，所有人看向他的目光都是帶著探究與打量。

好似在看什麼稀奇生物。

「前面是審判區，閒雜人等請到外間等待。」有琰炙等人要進門時，被人攔了下來。

一個黃毛小子還要裝派頭，帶這麼多護衛？

很多人看到這一幕，就等著看好戲。然而有琰炙只是瞥了攔著他的人一眼，掏出一個證件，對方愣了一下，又看著他們佩戴在胸口的徽章，不一會就放下手，讓幾人進去了。

「怎麼回事？」有人交頭接耳。

「庭審怎麼放無關人士進來了？」

「無關人士？」有眼尖的人譏嘲道，「看見那個騎士徽章了沒？那幾個不是無關人士，而是那傢伙的守護騎士！」他看著已經坐在辯護人席位的有奕巳，「這小子，竟然還是一名檢察官候補！」

「他不是才一年級嗎，就已經有三名守護騎士了？」

「誰知道呢，北辰那邊什麼事做不出來，也許是故意派來給他撐場面的。」

無論周圍的人怎麼議論，有奕巳全然不放在心上。

他坐在辯護人席位上，看著對面的控方席位，再看著臺上三把椅背高聳的法官座椅。從進入審判庭以來，一種壓抑和沉重的氣氛就一直籠罩在其中。

在法官席位背後，巨大星法典和一個天秤浮雕，似乎在時刻提醒著人們，這裡是莊嚴的審判法庭。

「小奕。」

有琰炙在他耳邊低語。

有奕巳抬頭，注意到控方公訴人也一一入座了。

他深吸一口氣，看來考驗自己的時刻到了。

這時候，不知道是誰走漏了風聲，北辰一名在校生為第三艦隊的一個校級軍官辯護的消息，很快就在一個神祕的圈子內傳開。

沒過多久，這場本來不是很受注目的審理瞬間熱門起來。許多到不了現場的人，都想盡辦法看到這場審判。

砰！

主審法官敲下法槌，法槌上刻著的獨角神獸隨之壓下，那怒瞪的雙目，正威嚴地審視眾人。

「北辰第三艦隊柏清中校一案，開庭！」

第三十四章　循風而動（五）

自從邊境星系的居住衛星被炸毀後，圍繞在北辰第三艦隊上方的陰影便一直揮散不去。

一開始，中央軍部給外界的說法是，誤炸是因為軍部系統內部的指令出現錯誤。在事情進一步發展後，軍部又更改了說詞，用他們的話來說，軍部指令的確出現了失誤，但傳遞給北辰第三艦隊的命令是正確的，而執行過程中的失誤應該由第三艦隊的指揮官和執行人負責。

也就是說，他們傳遞給了正確命令，但是對方理解錯誤，所以責任不在軍部，而在北辰第三艦隊。

在這之後，對於當時那幾道命令的調查取證也顯示，軍部的最後一道指令是——攻擊叛軍，而不是炸毀人造居住衛星。

沒有證據能夠證明，北辰第三艦隊收到要他們炸毀衛星的指示。

而莫迪教授所代理的衛止江的審判，也是輸在這點上。

他們沒有足夠的證據證明，第三艦隊收到過下令攻擊衛星的指示，也沒有證據證明，第三艦隊沒有收到衛星上有平民的提示。因此，衛止江的死刑判決，幾乎沒有挽回餘地。

今天的審判上，控訴方用幾乎同樣的理由指控柏清。

「作為一名執行命令的軍官，柏清中校在執行任務時，並沒有清楚意識到這條命令的內容。事實上，當時衛星上還有幾十萬平民，任何一位有良知的軍人，即使真的收到了攻擊指示，也都不該執行這條殘酷的命令……因此，我方認為，柏清中校的罪責在於瀆職與戰時殘害居民罪。」

對方公訴人傳達了己方觀點後，便坐下，用得意洋洋的眼神望向有奕巳，似乎是在期待他還能怎麼反駁。

「請辯方陳述辯詞。」主審官道。

有奕巳點了點頭，站起身。

還在發育期的少年，身高比周圍司法警察矮了半個頭，這一幕又讓臺下的人忍不住竊竊私語。

「太年輕了吧……」

「怎麼找個小朋友來辯護……」

「肅靜！」法官敲法槌，「辯方，陳述你的觀點。」

「我想先問公訴人幾個問題，法官閣下。」有奕巳起身尊敬地道。

「與案件有關？」

有奕巳頷首。

法官允許了。

「首先我想問的是，對方指責柏清及其上級攻擊一顆還有大量平民居住的衛星，構成戰時殘害居民罪。那麼，我想問對方的是，你們可有足夠的證據，證明北辰第三艦隊的指揮者當時知道，這顆衛星上還有平民？」

「這……」公訴人皺眉道，「那是一顆居住衛星，他們理應知道，不是嗎？」

有奕巳笑了笑，沒有回答他的反問，而是繼續道：「第二個問題，軍部的說詞是，最後一道命令是攻擊叛軍。而衛少將當日辯解稱，收到的最後一道命令是炸毀衛星。兩者顯然是衝突的吧？」

公訴人挑起眉毛，「當然，但是軍部的指揮系統的證據顯示，衛少將的辯解毫無說服力。當日的最後一道命令，是攻擊叛軍，而不是炸毀衛星。」

有奕巳笑了，「軍部提供的證據是這麼證明的？」

「那當然。」

「除了指揮系統的資料，還有別的證據嗎？」

「笑話，軍令只會在指揮系統內保存，怎麼可能被洩露到其他地方？」

「那麼，指揮系統除了中央軍部，也沒有外人可以接觸到？」

「我相信軍部的保密技術，不可能會出現這種差錯。」此時，公訴人看著有奕巳的目光，就向在看一個胡攪蠻纏的小鬼。

這時，有奕巳卻停下了提問，說：「法官大人，這就是我的疑問！」

所有人的目光看向他。

「正如這位公訴人所說，軍部指揮系統只有軍部內部可以進入，這是一個完全封閉的體系。在這個體系內，軍部想要證明自己的說詞，完全是一件輕而易舉的事。法官大人，請您注意，此事也代表著……這是一個完全沒有其他佐證的證據！

「最後一道命令是攻擊叛軍？除了軍部內的紀錄，還有其他證據可以證明這點嗎？紀錄完全掌握在軍部自己手中，難道不是他們想說什麼，就可以說什麼嗎？」

在場陷入一片譁然。

公訴人臉漲得通紅，站起來又坐下，惱怒地看著有奕巳。

「你這是在汙衊軍部捏造證據嗎！」

「肅靜！」法官敲槌，皺眉看著有奕巳，「辯護人，你可願為自己的言語承擔責任？你這是在指控軍部偽造證據？」

「並不是，法官大人。」有奕巳回答。

所有人舒了一口氣，可下一秒又聽見他道：「我只是在指出，軍部單獨提供的這個證據，並無法證明衛少將沒有收到『炸毀衛星』的命令。」

「那麼你呢，你可以證明衛止江收到過那條命令嗎？」公訴人怒道，「他根本無法證明自己的清白！」

「清白！」有奕巳高聲道，「為什麼衛少將要證明自己的清白？這難道不是你們的責任嗎？」

所有人都愣住了，就連高高坐在法官席位上的主審法官，也呆愣地看向有奕巳。

只聽見穿著黑色制服的少年緩緩道：「你們要求被告人證明自己的清白，一旦他沒有足夠的證據證明自己的無辜，就會被認定為有罪。不能自證清白，就是有罪？多麼荒謬的邏輯啊！」

「難道不是嗎？」公訴人拍案而起。

有奕巳淡淡看著他，「公訴人閣下，敢問你是否有特殊性癖？」

「法官，我抗議，辯護人在汙衊我的人格！」公訴人惱火道。

「我確認這個問題與案件有關，並願意承擔責任，法官大人。」

「好，請繼續提問。」

有奕巳笑了，「請問你是否有特殊性癖？」

公訴人羞怒道：「當然沒有！」

「哦，怎麼證明？」有奕巳反問，「據調查，共和國內的男性有百分之一都有性癖，其中三分之一是被虐愛好者，還有三分之二是戀童癖。光看共和國國內的人口基數，這些人數目可稱之為龐大。但是每一起性侵兒童案曝光前，大多數人都沒有察覺出，犯人有這方面的性癖……因為，他們隱藏得很好。」
「那也不能證明我是！」公訴人吼。
「那你能證明你不是嗎？」有奕巳說：「根據資料研究，有不良性癖的人占七成都是白領階級或公務人員。其中，平日裡工作壓力大、生活節奏快的人，更容易成為特殊性癖者。這些人往往在人前都是衣冠楚楚、一表人才的樣子……」他笑看著對方，「我覺得，閣下似乎都符合這些條件。」
「你這個混蛋！信口開河！」
「哦，易怒也是性癖者的特徵之一。」有奕巳淡然道，「現在，請公訴人拿出足夠的證據，證明自己不是特殊性癖者。當然，證據最好充足。包括有史以來的床伴的證言、你的生活起居紀錄、成長環境報告、行為性格分析，以及家族史等……如果最後你無法說服我，我就認為你是個有戀童傾向的性癖者。」
公訴人已經被有奕巳惹瘋了，抓狂道：「你憑什麼那麼說！我哪裡去調這麼多證據！」
有奕巳眼睛一亮，抓住他的這句話。
「是啊，我憑什麼？法官大人，各位陪審團成員。」他面向審判席，道：「正如剛才我質問公訴人時，對方的回答一樣。要被告人證明自己的清白，實際上幾乎是不可能的事。因為控方手中往往掌握許多不利證據，而被告人由於條件所限，很難取得有利證據！這個時候，將證明責任壓在被告身上是一種很不公平的做法。」

有奕巳一本正經道：「我們的公訴人差點背上戀童癖的名號，由此可見一斑。」

公訴人氣得快吐血了。

「事實上，正如我在《星法》上所提出的內容，被告人不該背負證明自己清白的責任，這個責任應由控方承擔。如果控方無法提供有力的證據，確鑿無疑地證明被告人有罪。那麼，被告人就是無罪的！」

有奕巳高聲續道：「生活在星法典的光輝下，我們每個人都是自由的公民。自由的公民，不應當自己承擔證明自己無罪的責任，那是違反有智生命本能的行為！試想，如果面對每一個無理的指控，我們都要去證明自己的清白。那麼，人類活在這個世界上，就是從生到死皆不自由的。我們不是活在他人的眼光裡，而是為自己而活！

「在這個社會，如果有人因為無法證明自己的無辜而背上罪名，就是這個文明最大的不幸！」

有奕巳最後一句話，鏗鏘有力地打進了每個人的心中。所有人看向他的目光，由驚疑轉換成了詫異，再帶著一絲欽佩。

自由之民，不該承擔證明自己無罪的責任！

這一句話迴盪在每個人耳中，為他們開了一扇新人生的大門。

「因此我方認為，軍部提供的單一證據並無絕對的指證性，並且據我所知，軍部的指揮紀錄可以以最高許可權從內部刪除。因此對方也無法證明，第三艦隊沒有收到過『炸毀衛星』這條命令。除非軍部對指揮系統的紀錄進行公證，證明沒有進行過任何紀錄刪除，否則我方有足夠的理由認為，指控不成立，我的委託人以及他的上級都是無罪的。」

軍部敢做公證嗎？先不提指揮紀錄因為涉及保密性不能外露，單就那幫做賊心虛的人是否有膽量公開，就足以得到否定的答覆。

看著鴉雀無聲的現場，有奕巳終於露出入場以來最開心的一個笑容。

「我的辯護陳述到此為止。願正義之劍與公平之秤祝福您，法官大人。」

主審法官向有奕巳投以複雜的視線，內心苦笑。這個年輕的辯護人，是在提醒他要公正審判嗎？

那麼，事已至此，還有別的答案嗎？

在內部評議結束後，看著偃旗息鼓的公訴人，又看著那個年輕辯護人，主審法官終於落下法槌。

「柏清中校一案，現在宣判——」

無罪釋放！

宣布結果後，柏清案的判決情況迅速在星際間傳了開來。從困頓無望到絕地反擊，甚至讓公訴人無話可辯。蕭奕巳這三個字，再次成了炙手可熱的名詞。

事情最大的影響不僅於此，柏清案的主審法官做出了無罪判決，這是第一個按照有奕巳的「被告人不需自證其清白」的理論做出的判例。

在共和國中，判例對之後的案件判決有著不小的影響。由此可見，之後的衛少將的二審案件和其他第三艦隊軍官的審判，或多或少都會受到這個理論的影響。那麼到時無法提出有力證據、又不能證明自己紀錄的公正性的軍部，是否還能將罪責加在這些人身上呢？

聰明人都知道，一場好戲即將開始了。

此時，結束了案件審理的有奕巳，正帶著他的三位騎士去迎接被放出來的柏清。

「柏大哥！」

看到柏清被司法警察護送著出來，有奕巳高興地迎了上去。

「你還好嗎？在裡面沒有人苛待你吧，你好像瘦了！」有奕巳圍著柏清就是一陣打量，一番話把周圍的司法警察嚇得冷汗直流。見識過少年在法庭上的能耐後，誰還敢得罪他？

「絕對沒有人苛待柏清中校！」法警高舉雙手，「對於收監待審的嫌疑人，我們都是按照正規程序處理的。」

柏清失笑道：「我沒事，只是心裡想得多，所以看起來瘦了些。小奕——」他頓了頓，眼眸深深望向有奕巳，「謝謝你。」

他後退一大步，向有奕巳深深鞠躬。深彎的腰，似乎可以看到這個不屈的漢子，曾被現實和困境壓下的脊梁。

有奕巳連忙扶住他，「柏大哥！」

「我柏清，代表第三艦隊的其他兄弟姐妹們，鄭重地對你表示謝意。小奕，是你給了我們新生的機會，讓我們可以不用再背負屈辱和罵名。」柏清說著，眼角帶出濕意，「因為你的努力，讓我看到了希望。小奕，有你這樣的人存在，讓我知道我們為北辰戰鬥，是值得的！」

在被世人扣上無法抹滅的惡名時，仍有人堅定地站在他們身後，相信他們不是屠戮人命的劊子手。對於背負許多冤屈與不忿的北辰第三艦隊的軍人來說，這就是他們的支柱。

「不，柏大哥，我做的還不夠。」有奕巳上前扶起他，「我做的遠遠不夠。」

有奕巳沒有告訴柏清的是，如果這件事不是牽扯到了熟悉的朋友，他或許不會願意牽扯進來。北辰第三艦隊的軍官們的確很可憐，但是對於自身羽翼都未豐滿的他來說，根本無暇關心其他。

之前的有奕巳，活在自己狹小的世界裡。他知道自己特殊的身世，卻從未認真想過那意味著什麼。

他知道自己是萬星後人，卻沒有去認真思考萬星這個名詞的含義。

有奕巳的最大願望就是讓自己變得更強，可以不再受人擺布。然而那時他的世界裡，只有他自己和少數幾個關心的人而已。而柏清的這次事件，讓有奕巳認識到，如果他選擇袖手旁觀，結束的就不是一、兩個人的生命，還有成千上萬無辜人的生命。

有奕巳又想起威斯康校長的那句話。

「因為你是萬星，你背負著更多人的期待與渴望。」

能力越大，責任越大。雖然有奕巳不認為自己有改變命運的能力，但是他註定要背負這個責任。

「我做得到嗎？」

有奕巳看著柏清的雙眼，低聲問著。

撐起北辰這顆搖搖欲墜的星子，單靠他做得到嗎？

感覺到肩上多了一份力量，有奕巳抬頭，看到有琰炙望了過來。

「如果你想做，就去做。」他會一直在背後守護他。

有奕巳的目光看向克利斯蒂和齊修，兩人也毫不退避地看向他。

齊修表示：「我從沒後悔過，選擇成為你的守護騎士。」

克利斯蒂也點頭附議：「雖然一開始是伯父的意見，但我覺得成為你的守護騎士，是我做過最正確的決定。」

「小奕。」柏清說，「我欠你一條命，從今以後無論你要求我做什麼，我都會赴湯蹈火，在所不辭。」

看著這些信任自己的人的目光，有奕巳感到身上的重擔又多了些。

「不要擔心。」有琰炙低聲道，「無論如何，你不會是一個人。」

有奕巳愣了愣，摸向自己領口繡著的十字星芒，象徵恒星光輝的紋路，讓這枚紋章顯得更加耀眼奪目。

是啊，他從來就不是一個人。

這也意味著，從他重生在這個時代的那一刻起，他也不能一個人獨活，而要背負著更多人的命運活下去。

所謂萬星，不就是重星一起閃耀嗎？

有奕巳笑了，「我會努力的。」

有奕巳勝訴的消息傳回北辰軍校時，已經是第二天了。得知消息的學生們興奮難耐，捧著《星法》期刊和柏清案的判決書聚精會神地討論著。

「我覺得這段說的很精彩，自由之民不該被他人的眼光所束縛！」

「不，我覺得是這一句——人們不該為自己沒有犯下的罪去辯白。」

「這次審判贏了，對莫迪教授的上訴也會大有好處吧？」

「那當然了！即便只是基層軍事法庭做出的判決，但這可是一個重大的理論創新，上面也不得不考慮這點！」

「我聽說有不少人撰文抨擊蕭首席的觀點。」有人擔心道。

「呆子，一個觀點如果沒有人議論才不是好事，也有很多人支持他啊！現在我們的首席大人可真是出名啦！」

薩德走上講臺，看著臺下還在興奮討論的學生們，清了下嗓子。

「我不想打擾你們的興致，但各位請注意一件事，已經是上課時間了……這個學期的異能訓練課，你們還想不想及格？」

學生們連忙正襟危坐地看著他。

見狀，薩德失笑。

蕭奕巳？這小子真是個比他父親還能折騰的傢伙啊。

整個北辰，或者說整個共和國，都因為這一個小小的判例而騷動起來。而此時，有奕巳才剛剛踏上返程的星艦，他和他的騎士們都不會預料到，這次的行動會讓他們的人生有多大的轉折……

北辰主星星港，星艦剛完成空間跳躍，停穩在港口。

有奕巳投過落地窗，望到港口上聚集的人群，疑惑道：「怎麼這麼多人，今天有哪支艦隊巡航回來嗎？」

克利斯蒂忍笑道：「他們不是為了歡迎艦隊，而是在等一個人。」

「等人？有王耀上將回來了？」有奕巳的目光轉向有琰炙。

「……他們是在等你。」有琰炙解釋。

「等我？」有奕巳嚇了一跳，「他們怎麼知道我是今天回來，不不，他們為什麼要等我？」

齊修看著他，「從你在《星法》上接連發表了兩篇論文，從你提出『被告人不應自證其清白』，從你為柏清辯得了無罪釋放時起，你就不是一個普通的學生了。」他指著窗外翹首盼望的人群，「還不明白嗎？這些大部分都是第三艦隊帶罪軍人的家屬，還有北辰的居民，他們是為你而來。」

有奕巳有些恍惚，直到他踏下星艦，聽到耳邊震耳欲聾的歡呼聲時，還有些回不過神。

「蕭奕巳！蕭奕巳！」

「首席大人！」

人們激動地喊著他的名字，有奕巳甚至看到幾名長者在家人的攙扶下，在港口迎接他。

「他們都是被判有罪，或等待宣判的軍人家屬。」有琰炙在他耳邊道，「你為柏清的辯護，讓他們看到了希望。」

「可是，我並沒有想過能拯救每個人，其他案件的判決也未必會如願……」

「你給了他們希望，這就夠了。」有琰炙說。

希望嗎？

有奕巳看著周圍人們期待感激的眼神，他第一次感覺到，北辰星系，不是一個符號般的名詞，而是由無數有血有肉的人，由一個個家庭組成的。

對於北辰軍人來說，這是他們誓死守衛的地方；對於北辰人民來說，這是他們依戀的家園。

有奕巳暗暗想著，自己決心要背負的，就是這樣一個沉重的負擔嗎？父親當年面臨的，也是無數期待的眼眸嗎？

那麼真摯，那麼純粹，叫人不忍辜負。

「小奕！」

伊索爾德和沈彥文早在港口等他了。

「你這傢伙總算回來了！」沈彥文上去給他一拳，「我想死你了！你真是幹了件大事，我爸都知道了，還說有時間叫我帶你去我家呢。」

伊索爾德微笑：「我就知道你可以辦到。」

看著兩位友人，有奕巳笑道：「我回來了。」

他回來了，北辰。

第三十五章　飛龍在天（一）

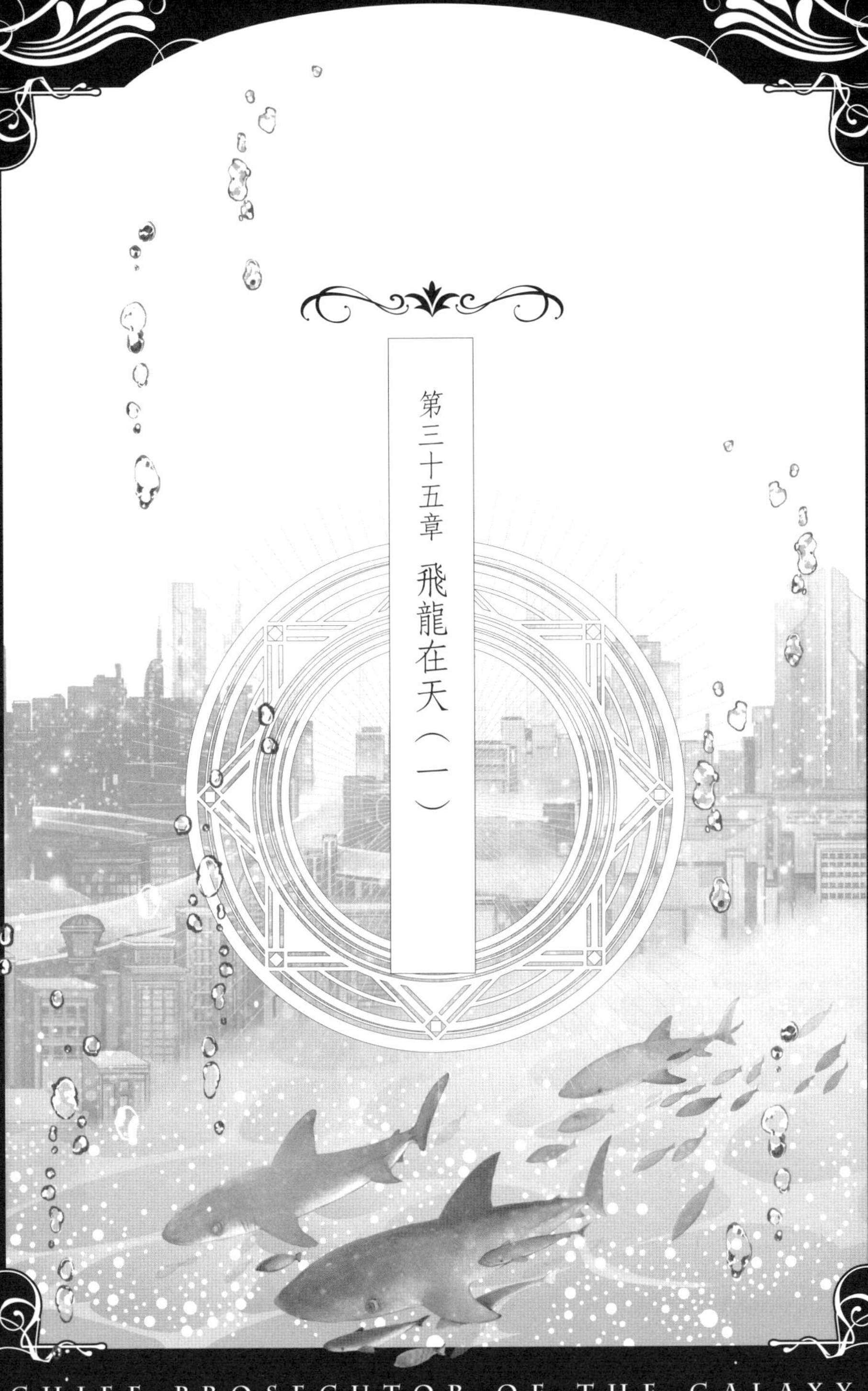

沉默之地外，雷文要塞。

西里硫斯走到門口，詢問看守人。

「情況怎麼樣？」

「他還是絕食，也不願意回答我們的問題。」看守回答。

「絕食？」西里硫斯笑笑，不以為意。真的絕食能撐到一個月？不過是做給他們看，表達抗議罷了。

他揮手，示意看守打開門，自己走了進去。

在這個近乎禁閉室的房間內，除了唯一進出的大門，沒有任何出口。裡頭除了一張床，再也沒有其他擺設。四面白牆，所有鋒銳的角落都用柔軟抗衝擊的特殊材料包裹著，以防犯人自殘。

滕白抬起頭瞥了眼進屋的人，冷笑了一下不說話。自從瑪律斯星球的危機被解決後，他就被關在這裡。雷文要塞的人似乎認定了他背後還有人指使，想要拷問出其他線索。

然而歷經了一個月的探問，他們一無所獲，慕梵也仍無蹤跡。

西里硫斯卻不急於像其他人一樣質問他，相反，他對滕白本人更感興趣。注意到滕白不回答他，西里硫斯不以為意，而是自顧自地說了起來。

「我一直在搜集資料，從兩百年前沉默之地產生之前到現在，每一日輻射的變化都詳細地紀錄了起來。我發現了一個很有意思的現象，在輻射初期，受到影響的人類症狀不一，有人是產生異肢，有的是基因缺陷……到了後期，受輻射影響得人變少了，症狀卻出奇地一致起來。」

西里硫斯看著滕白引人注目的外貌，不經輕笑起來。

「沒錯，他們大多是像你一樣，皮膚生鱗、口生尖牙，有的人甚至長出了不應該屬於靈長類的器官，譬如鰓。發生異變的人，體力和能力都變得比一般人更強，這與其說是輻射異變，倒不如說是進化。受輻射影響的人似乎也注意到了一點，我聽說在沉默之地附近，凡是出現這樣異化的人，都會被聚攏起來，他們稱呼自己為——進化者、新人類。」

滕白放在床上的手指輕微地顫動了一下。

西里硫斯掃入眼底，不動聲色地繼續說：「這種現象，似乎也在帝國發生過。聽說大戰之後出生的海裔中，有不少新生兒都有不能變身為原型的缺陷，但他們大多能夠掌握異能。人類變得像海裔，海裔變得像人類，你不覺得很有意思嗎？」

滕白終於正視他的眼睛，「我不知道你在說什麼。」

「不知道沒關係，你只要聽就好了。」西里硫斯湊近他，露出如少年一般的笑容，「我聽說數千年前，海裔是經過幾次大進化才進展到如今的模樣。那時引導他們進化的就是被他們稱為神石的聖物，但是近千年前，海裔的進化卻突然停止了。有人說是他們的進化已經走到盡頭，不需要再改變。」

西里硫斯緩緩道來：「但是世上哪有完美的生物？依我看，如果海裔之前的進化都是依賴神石的功效，那麼之後進化的突然停止，就只有一個可能——神石失效，或者被盜了。就在差不多時期，人類進化出了異能，而在那之後沒過多久，帝國就發起了與我們的戰爭，你覺得這只是巧合？」

「巧合不巧合，都是過去的事。」滕白淡淡道，「和我有什麼關係？」

「當然有關！」西里硫斯用一種近乎狂熱的神情道，「那個所謂的神石究竟是什麼物質，為什麼能引起生物基因的變異？而你們這些受輻射者的異變又和沉默之地有什麼關聯？你沒發現嗎，無論是神石還是沉默之地，這兩者都有著一個共同點——那就是鯨鯊。」

「難以想像世上會存在如此龐大的生物，可以不受宇宙環境的影響，能化作人型，又能變回原身，這樣的生命根本不符合生物進化的原理！其實你在瑪律斯星球上那麼做，才不是為了什麼報復，對不對？」西里硫斯道，「在那個情況下，只有慕梵化為原形進入沉默之地才能解決問題。你，或者你背後的那個進化者組織，根本是衝著他來的。」

滕白的呼吸驀然一窒，不受控制地抬起頭來，才意識到這個動作暴露了自己內心的祕密。他看著西里硫斯，對方似乎早就注意到他的反應，卻又不急著拆穿他。

「你到底想怎麼樣？」滕白咬牙問。

「不想怎麼樣，我只是說出一個猜測。當然，其實我對你們要做的事不感興趣，但是我對引起你們異變的原因卻很感興趣。」西里硫斯說，「我可以為你們保密，但是你要讓我研究你的身體，並告訴我進化者的其他祕密。」

「我憑什麼相信你？」滕白質問。

「因為你別無選擇。」西里硫斯笑，「如果你不答應，我現在就去向帝國特使告發。到時候，等待你的就不會是區區監禁，而是生不如死的折磨。」

滕白定定地看著眼前的人，他發現自己根本無法理解對方。明明掌握了主導權，卻用來交換一些微不足道的祕密，他明白自己在做什麼嗎？

西里硫斯看破他的想法，緩緩道：「國家、政權……這些我都不感興趣。就像我不明白你們這些人，為什麼為了那些俗世的權力而相互傾軋，我也不指望你能理解我的目標。」

「你的目標？」

「解開宇宙的一切奧祕。為了這個目標，我可以做任何事。」

滕白看了西里硫斯好一會，確定這人的表情不似作偽，看來這個傢伙對於科學的執著，真的能夠讓他做出類似背叛的事。想了好一會，滕白才低聲道：「我答應你，但是有一個要求……」

西里硫斯笑了，笑容純真無邪，就好像看到意中人時羞澀靦腆的少年。

看見這抹笑容的滕白卻打了一個寒顫，總覺得比起自己，真正瘋狂的是這個傢伙……

「新人類聯盟？」有奕巳回到課堂，就聽到同學們在討論一個新消息，「那是什麼？」

「聽說最早是一個慈善組織，收治戰後難民，關注戰後創傷，但是近年來這個組織的做法變得有些激進，他們甚至提出『人類正在第二次進化』的觀點。」伊索爾德解釋道。

「第二次進化？」

「不到一千年前，人類經歷了第一次大進化，使得異能得以普及。但是很少有人知道的是，在那次進化中，沒能承受異能改造的人類，不是早亡，就是在繁衍中被淘汰，沒能留下後代。這也導致倖存的人類經過幾代繁衍，都是天生就擁有異能。

「新人類聯盟宣導的第二次進化，就是讓人類再經歷一次篩選，挑出基因優秀者，淘汰無能者。他們說這是歷史的趨勢。」

簡直是獨裁政權嘛！有奕巳心想。

「這個組織的支持者很多嗎？」他問。

「怎麼可能！」沈彥文道，「這個瘋子一樣的組織，不被當做邪教滅除就算好了，還想擁有多少支持者？」

「他們的觀點還是有部分人支持。」伊索爾德說：「聽說新人類聯盟認為只有經過進化淬鍊的人，才是新基因的繼承者。他們會擁有更強大的能力，更完美的體貌，遠超於一般人。浴火重生，是他們對第二次進化者的稱呼。」

有奕巳有不好的預感，「這聽起來……」

「很像有琰炙師兄對不對？」伊索爾德說，「私下有一部分新人類聯盟的人，將有琰炙奉為聖子，但這應該沒經過他本人同意。」

廢話，有琰炙再怎麼不似凡塵中人，也不願意被一個邪教奉為聖子吧！

有奕巳悶悶不樂地問：「除此之外呢，這個聯盟還有什麼其他的事嗎？」

沈彥文和伊索爾德對看一眼。

「你不知道嗎？」

「我之前忙著準備庭審，不太注意外面的消息。怎麼了？」有奕巳看著兩人問。

「嗯……是這樣的，慕梵不是一直沒找到嗎？這個組織的人就放話說，說慕梵是在他們手上，以此向帝國勒索。」沈彥文見有奕巳臉色大變，連忙道，「我覺得肯定是假的啦！慕梵好歹也是鯨鯊，怎麼會落到這種異端組織的手裡。」

「殿下雖然行事詭異，卻不是衝動無謀，絕不可能輕易落於他人手中。」伊索爾德也跟著安慰道。

但無論他們怎麼說，有奕巳總是有一種不安感。

如果慕梵真的沒事，為什麼直到現在都沒有消息？不過如果他有事，帝國也不可能放任他落難。

算了，這些事還輪不到自己來操心的地步。

然而……

「看著我，記住我。」

有奕巳一僵，拚命將那句話甩出腦海。慕梵果然很狡猾，這次欠了他一個人情，自己真是八百輩子都忘不掉了！真希望這傢伙快點回來，自己就不用再念念不忘了！

柏清案結束，有奕巳剛為北辰第三艦隊博得了轉機，另一邊關於慕梵的消息卻將水再次攪亂。

帝國不斷對共和國施展外交壓迫，並接連派出特使，大批人手被派出去尋找慕梵。

人們雖然不願相信新人類聯盟的說詞，但對於慕梵的擔憂也從未放下過。出乎意料的是，對於可以說是第一責任方的北辰軍校，帝國卻沒有問責，甚至沒有表現出任何逼迫的態度。

很多人對此感到奇怪，就連有奕巳也想不通為何帝國單獨放過了北辰軍校。在他還在釐清整個事件的情況時，第二個學期的期末，在不知不覺中到來。

期末考中，有奕巳繼續以全科皆優的成績遙遙領先。

這個學期克利斯蒂也將從學校畢業，在畢業儀式上，作為應屆生優秀代表，克利斯蒂獲得了威斯康校長頒發的特殊榮譽勳章，連著他胸前的騎士勳章，這位守護騎士已經配有兩枚勳章在胸前了。

對於一名騎士來說，勳章意味著榮譽，也意味著他們要守護更多的事物。

作為克利斯蒂師兄的契約者，有奕巳也出席了畢業儀式。

在儀式結束後，克利斯蒂當著所有人的面，屈膝半跪對有奕巳道：「從今天起，我於學校畢業，已是一名合格的守護騎士，我離開家人的庇護，亦是一名獨立而自由的個體。我的職責從此只為你一人而盡，你所選擇的道路，便是我要前進的方向。」

周圍傳來陣陣驚呼和尖叫，有奕巳在措手不及之下，再次與克利斯蒂簽訂了契約。從這一刻起，克利斯蒂結束了學生的身分，將以有奕巳的守護騎士身分跟在他身邊。

「總覺得這個儀式怪怪的。」事後，有奕巳吐槽道，「讓我感覺像是被求婚了。」

「哈哈，你就得了便宜還賣乖吧！」沈彥文嘲笑他，「別忘記還有有琰炙師兄和齊修呢。等到明年，若是有琰炙師兄也來這麼一齣的話，你會被不少滿懷春心的少女記恨。」

「……我討厭這種浮誇的儀式。」有奕巳鬱悶。

無論再怎麼抱怨，從那一天起，克利斯蒂就徹底成為了有奕巳真正的守護騎士。

所謂的真正，就意味著不再只是名號，而是一份工作了。克利斯蒂將住進他的學生宿舍，二十四小時和他待在一起。

本來有奕巳該負擔克利斯蒂的食宿和薪資，但基於他現在毫無收入，克利斯蒂本人表示並不介意無薪上班。對此，有奕巳卻很介意，他根本就像是一個壓榨員工的壞老闆。

第二學期結束的寒假，慕梵依舊毫無消息。

有奕巳從單人住宿變成每天和克利斯蒂同進同出；有琰炙升上了四年級，明年也即將畢業；伊爾和沈彥文順利升學；衛瑛依舊沒有返校。

此時，在一大堆事情外，考慮到自己未來的騎士們的酬薪，有奕巳開始認真考慮如何賺錢的問題了。

北辰軍校免學費、包食宿，讓他不用擔心生活費的問題，但是有奕巳從來沒有忘記過，自己是個身無分文的窮光蛋。畢業以後，他該如何養活自己和那些騎士？

一整個寒假，他都在思考這個嚴峻的現實問題。

雖然有琰炙明確表示可以給予金錢上的資助，但是被有奕巳鄭重拒絕了。他可不想從被人保護的「小公主」，再變成被人包養的「小白臉」。

寒假開始沒多久，就在其他人準備回家過年時，困惑中的有奕巳收到了來自莫迪教授的新消息。

「我有兩個消息要告訴你。」莫迪教授一早便登門拜訪，臉上帶著行色匆匆的痕跡，卻難掩喜悅，「一是衛少將的案件上訴審的進展。法官雖然還沒有宣判，但結果已經朝我們有利的一面轉換了，等到下次開庭時，也許會有令人意外的驚喜。」

有奕巳同樣感到很開心，但還有一絲意外，他沒想過事情能這麼順利。

「還有一件事。」莫迪說著，臉上的笑容變成嚴肅的表情，「下學期開學後，學校將派你及其他學生參加全星域校際聯賽，這次聯賽還有中央軍校和諾曼軍校的參與，三強爭霸，希望你們能替學校多爭取榮譽。」

「三強爭霸賽……」有奕巳的表情一僵，「呃，是不論生死、危險度高、隨時都會被對手解決掉的那種嗎？」

莫迪白了他一眼，「這是軍校聯賽，又不是真的戰爭，最多只會進行模擬對抗，不會傷及性命。」

有奕巳鬆了一口氣。

莫迪又追加了一句：「聯賽中的排名，決定著學校下一年度的招生名額和能夠得到的資源。如果排名太低，我們學校明年開始就會被迫減少招生名額。」

聞言，有奕巳心想……壓力好大，怎麼辦？

莫迪拍了拍他的肩膀，「你別太擔心，雖然四年級學生本來不能參賽，但到時候有琰炙會跟你一起去。另外，守護騎士不受限制，所以克利斯蒂也可以一起去。」

所以學校趕在聯賽開始前給新生安排好守護騎士，就是為了這個嗎？光明正大地作弊？

有奕巳已經無力吐槽了，他已經可以想像到當新學年開始，得知要舉行聯賽的學生們，會是怎麼樣的興奮雀躍了。

對於他本人來說，無疑又是一個大挑戰。

「對了。」莫迪臨走前又道，「記得過幾天到學校會計處去領一下款，那邊的人已經催你催好久了，你沒收到消息嗎？」

自審判回來後，有奕巳的通訊器就不斷被陌生訊息騷擾，他早就封鎖了陌生來信。

「領什麼款？」他奇怪道。

「你發表在《星法》的論文稿費，還有你的論文被其他學者引用時，他們要支付的費用。」莫迪說，「加起來最起碼有兩萬星幣吧，你再不去取的話，會計處就會開始扣保管費了。」

他話還沒說完，就見一道黑影從眼前閃過——有奕巳早已不見蹤跡，只有克利斯蒂從屋裡走出來，關好門，對莫迪道：「他去會計處了。」

見狀，莫迪相當無語。

此時，有奕巳飛奔在前去領錢的路上，內心歡呼得快要飛起來。什麼參加聯賽，什麼首席的名譽，都不重要了！哪怕是衛止江即將喊冤平反的消息，都沒有金錢在面前招手來得幸福！

沒有貧窮過的人，是體會不到這種感覺的。尤其是他現在還要養家活口，就算暫時不用支付薪資，克利斯蒂的飯錢他總要負擔吧！畢業以後，克利斯蒂可不能再去食堂吃免費餐，還有騎士的服裝、出行……這些都是要花錢的！

一想到自己曾經將幾億星幣弄成飛灰，有奕巳的心底就是止不住的痛。

等到他跑到會計處時，卻被告知會計已經下班，請明天再來領。

有奕巳白高興一場了，悻悻然地轉身就走。

「蕭奕巳？你怎麼會在這裡？」

一轉身，卻在轉角遇到一個意想不到的人。

沃倫．哈默，這個曾經提出要成為有奕巳守護騎士的傢伙，最後卻陰差陽錯成為了伊索爾德的騎士。兩人雖然沒有正式締結契約，但就有奕巳知道的是，他們似乎達成了某種協議。

此時，齊修並沒有跟在他身後，似乎是一個人前來。

沃倫笑道：「沒想到會在這裡遇見你。怎麼，你也是來預交下學期的學費嗎？」

「還要交學費？」他怎麼從來沒交過？

「……我差點忘記你入學考試第一，是免試入學的。」提起這個，就想起了他的傷心事，沃倫有點咬牙切齒。

看見他那頭紅髮，令有奕巳想起了另一個人。

「你還有你妹妹的消息嗎？」

沃倫一愣，半天才想起他在說誰，搖了搖頭道：「自從人被慕梵帶走以後，就不歸我們管了。怎麼了，你想見她？」

「只是問問而已。你是來交下學期學費的？那為什麼有兩張？」有奕巳看見他手中的單子。

「還有一份是齊修的。」沃倫揮了揮手道，「從他基礎學校畢業起，所有的學費和生活費都由哈默家族支付。當然，其實是由我名下支付。」

有奕巳想起他和齊修的關係，不由皺眉，「他與哈默家族簽訂了某種契約？」

「哈哈，你放心，不是那種關係，齊修只是暫時掛靠在我們家族名下而已。畢竟當時齊家只剩他一個人，其他幾個家族又不方便收養他。恰巧，我那時缺少一個玩伴，我父親就把他帶回來了。」沃倫說。

「那時？」

「你不知道嗎？」沃倫挑眉，「大名鼎鼎的星隕之日。十五年前，有銘齊殉職於卡里蘭。謝齊兩家的人為了替他復仇，損兵折將，齊家甚至全軍覆沒。齊修，就是唯一活下來的孤兒。」

十五年前，卡里蘭星隕。

萬星最後一名眾所皆知的繼承人——有銘齊戰死。

齊修從外面進來，正好看到沃倫的背影，他抬腳走了幾步，便聽見對話，還清楚看到了站在沃倫對面那人的容貌。

「齊修以及齊家被稱為叛徒，也是因為這次的事件。甚至有傳言說，齊家是因愧疚於有銘齊的死亡，才集體自裁。」

齊修腳步驟停，於此同時有奕巳抬起頭來，兩人對上了目光。一時之間，相似的兩雙黑瞳裡，流露出相同的感情。

震驚，還有一絲痛苦。

後者，來自於齊修。

有銘齊死亡時，有奕巳還只是個嗷嗷待哺的嬰兒，根本不知道這件事。中央星系將其認定為密級事件，不允許外傳，外人最多只知道有銘齊是殉職而死，卻不知具體原因。

在他來到北辰後，無論身邊的人是否知道他的身分，這些人竟不約而同地，從未向他提過有銘齊之死。

他甚至不知道，在這死亡背後，所謂的卡里蘭星隕究竟是怎麼回事。

對於沃倫透露的消息，有奕巳盡力掩飾住心底的驚駭，只是他沒想到齊修會在這時出現。

齊修知道他的身分，那他聽見沃倫的話後會有什麼反應？齊家和父親的死真的有關係嗎？卡里蘭究竟是個什麼地方？有奕巳心中有太多疑問，但他看見了齊修眼中的隱痛時，就知道這不是一個適宜的追問時機。

有奕巳對沃倫笑了笑，「看來，哈默家族的確知道許多不為外人知的祕密呢，有機會下次再聊吧。」

他又對齊修點了點頭，像什麼事都沒發生一樣，轉身離去。

沃倫嘖嘖感嘆，「這傢伙真有定力啊，我故意用你的消息引誘他，他竟然沒追問下去。還是說……他其實對你不感興趣？」

「他不是那種會窺探別人隱私的人。」

「呵呵，我知道，你是他的守護騎士嘛，當然為他說好話。可是齊修，我們好歹也是從小一起長大的，你現在老護著別人，我總有一種兒子娶了媳婦就胳膊往外彎的感覺……」沃倫鬱悶道，「你究竟看上他哪一點了？這傢伙除了聰明了點，脾氣傲了點，哪裡好了？」

齊修反問：「你當初也想要成為他的騎士啊，只是被拒絕罷了。」

沃倫默默壓下內心的鬱悶，「果然有了媳婦就不要娘，你這不孝子！」

齊修卻不理會他的調侃，只是一直望著有奕巳離開的方向。那雙眼睛裡，充斥著沉重壓抑的情感。

卡里蘭星隕，卡里蘭星隕，卡里蘭星隕……

回去的路上，有奕巳一直念著這五個字。

他一定要知道真相，但是該問誰好呢？問有琰炙的話……從大表哥知道他的身分、卻從未對他透露這個消息來看，大表哥是不希望他知道這個消息的。

威斯康也是同樣如此。

無論他們有什麼理由，可以肯定的是，他們不希望現在的有奕巳，過早知道卡里蘭星隕的事。

那他還能問誰？

既不用擔心暴露身分，也不用懷疑對方的目的。本來慕梵是個最好的人選，可他偏偏行蹤不明！

有奕巳走路不看路，後果就是狠狠地撞到了迎面而來的某人身上。

「小心！」

克利斯蒂扶住他，無奈又好笑道：「你在想什麼？不是去會計處領錢了嗎，這麼快就回來了？」

有奕巳抬頭，看著這位忠心耿耿的騎士，突然計上心頭。

「克利斯蒂師兄，畢業儀式上說的話，你都是真心的吧。」

克利斯蒂臉色一變，不悅道：「你懷疑我？」

「不不不！我只是想再確認一次。師兄你成為我的守護騎士後，就是以我為主，哪怕威斯康校長或你的父母阻止你，你都會以我的意志為第一優先，是不是？」

克利斯蒂臉色稍緩，「我選擇你，就是選擇了我信仰的星法之道，絕不會受任何人的影響。」

有奕巳笑了笑，「那麼師兄，我有件事想請你幫忙……」

「原來你要問的是這件事。」兩人回到宿舍，相對而坐。

克利斯蒂說：「當年有銘齊的死，對很多人來說都是不能提的往事，怪不得你擔心別人不告訴你。」

「琰炙師兄肯定不會告訴我，我也不方便去問其他人，只能向你求救了。」有奕巳解釋道，「克利斯蒂師兄你好歹是阿克蘭家族的人，應該會比其他人更清楚這些消息吧？」

沒想到，克利斯蒂卻搖了搖頭，「那時我才多大，能知道什麼？等我懂事成人以後，家族裡的長輩都閉口不談，也難以打聽到什麼祕聞。」

見有奕巳流露出失望的表情，他又道：「雖然知道的不多，但關於這件事的前因後果，我大概還是知道一些。小奕，你知道為什麼世人將有銘齊的死稱之為卡里蘭星隕嗎？」

「因為有銘齊是眾人口中的啟明星？」這麼稱呼自己父親的名字，感覺好怪。

「這只是其中之一，關鍵在於卡里蘭。」克利斯蒂頓了頓，「你到北辰星系這麼久，有聽過這個名字嗎？」

有奕巳搖了搖頭，「沒有，也許是我孤陋寡聞。」

「這是一個小星系的名字。你不知道它，並非你孤陋寡聞，而是中央星系有意如此。他們不想讓更多的人知道卡里蘭，就只能在世人眼中扼殺它的存在。即便如此，卡里蘭的名稱依舊在一部分人中傳開了。」克利西斯道，「那是一個脫離於中央管控的自治星系。」

「自治?!」有奕巳驚訝，「那不就相當於獨立?中央星系竟然會允許?」

「當然不會。」克利斯蒂道，「但是這個星系目前所積攢的力量，讓中央不敢輕舉妄動。它不僅是一個小星系，而是大量亡命之徒的聚集地，甚至任何你能想像到的非法武裝，都可以在那裡找到……你聽過蘭斯洛特這個名字嗎?」

有奕巳凝神想了想，覺得這個名字有點耳熟。對了，這不是上次慕梵帶他去地下拍賣場時，提到的那個地下之王嗎!

「蘭斯洛特是卡里蘭星系的主人?」有奕巳問。

誰知，克利斯蒂卻搖了搖頭，「蘭斯洛特・奧茲，雖然是共和國內享有名譽的地下之王，但是他的手腳也伸不進卡里蘭。十五年前，有銘齊死亡的消息傳出來後，奧茲家族曾派出大量暗探前去，卻沒有一個活著回來。」

有奕巳倒吸一口涼氣，連所謂地下世界之王的奧茲家都毫無辦法，卡里蘭究竟是個怎樣的存在？

「有銘齊為何要去卡里蘭，又為何會殉職，具體的原因沒有人知道。之後，謝齊兩家也相繼派人前去調查，仍是一無所獲。齊家全族殉亡，而謝家當年的家主謝長流也自此失蹤，了無音訊。」

謝長流，是有奕巳養父的真名。有奕巳也是不久前才知道老人的名字，此時知道他是謝家的前任家主，也不那麼意外了。但是養父並沒有失蹤，而是隱匿蹤跡撫養自己長大，這件事應該少有人知。

「還有一個傳聞。」克利斯蒂看了有奕巳一眼，「傳說新人類聯盟的總部，也在卡里蘭。」

有奕巳頓了一下，新人類聯盟，最近總是聽到這個名字，感覺他們總在各種事件背後若隱若現。

這個組織的目的，究竟是什麼？

「我們的目的？」滕白失笑，「你竟然會關心這種事。」

在他對面，西里硫斯正拿著一管新抽的血做化驗。

「我不關心，但是我的一些朋友會關心。如果你覺得不該告訴我，或者超出了我們的協議範圍，可以不說。」

「你還有朋友？我還以為你的生活只有研究和資料呢。」滕白嘲諷他。

西里硫斯卻不以為意，放下手中的事物，奇怪道：「我為什麼不能有朋友？蒙菲爾德和洛恩都是我的朋友，朋友並不妨礙我的研究。」

滕白滿懷惡意道：「可是你現在的行為，不就是等同於背叛他們嗎？你知道我是誰、我的組織，卻不告訴他們，還和我締結下了祕密契約，你以為他們會不在意？」

西里硫斯認真地問：「他們為什麼要在意？我隱藏了你的身分，頂多只是讓他們找不到那個亞特蘭提斯王子。而且我是用你的性命威脅你和我交換情報，這不是背叛，只是利用。」

滕白聽到這些話，心裡鬱悶得簡直要吐血。這麼直白地說出目的還面不改色的傢伙，自己還是第一次見到。他氣了半天，看著西里硫斯，突然又笑了。

「喂，你不是想知道我們為什麼抓走慕梵嗎？」

西里硫斯有些驚訝，「他真的在新人類聯盟手裡？」

「是啊。」滕白無所謂道：「你會告訴別人嗎？」

「沒有這個必要。」

滕白想著，這傢伙的腦迴路真奇怪。

他繼續道：「我們抓走這個小王子，是因為他身上有個大祕密，而且和你現在的研究也有點關係。這幾年來人類和海裔的新一輪進化，都是越來越趨向彼此。你就沒有想過原因嗎？在慕梵身上，我們發現了一個祕密，他可能是人類與海裔的混血。」

「混血？」西里硫斯眼前一亮，「如果是真的，那就證明人類與海裔沒有生殖隔離。而人類進入星際時代這麼久，早就遠離最初的母星，這時還能跨種族繁衍，只有一個可能——海裔和人類，根本是同源！」

「當然不是所有海裔都能和人類繁衍，目前我們只查出鯨鯊和星鯨可以與人類生下混血。」滕白笑了，「但是混血的作用不僅於此，就連海裔和人類進化的祕密，都能在他們身上找到原因。」他的語氣變得煽動起來，「怎麼樣，如果你想繼續研究，要不要加入我們？」

「他們？」西里硫斯沒有回答他，卻敏銳地抓住了一個關鍵字，「還有別的混血？」

「大概曾經有吧！不過如今也只是傳說的陪葬品罷了。」滕白譏諷道，「即便這樣，一旦消息洩露出去，對人類也是不小的打擊吧？想想也是，擁有奇跡般的力量，家族幾乎每個人都可以抵達異能頂峰，修煉速度異於常人，甚至能和星辰交相呼應。這樣的傢伙，有可能是人類嗎？」

西里硫斯眼睛越睜越大，「你指的是——」

「阿嚏！」

有奕巳狠狠打了個噴嚏，總覺得有人在說自己壞話。

——萬星強得不似人類。

曾經有很多人這麼說過，但那充其量只是一種感嘆，而不是認真的。然而西里硫斯卻從滕白的語氣裡，聽出了一絲端倪。

「萬星家族也是混血？是與鯨鯊的混血，還是星鯨？」他追問。

「不知道。」滕白搖了搖頭，「混血的事我們也是最近才開始研究，只是從萬星以往展現在人前的力量來推斷，沒有人能真的證明他們是不是混血。」

「那你說的進化是怎麼回事？」

「進化，你也可以稱之為輻射。」滕白道，「你應該發現了吧？只有在沉默之地附近接受過輻射的人，才會像我這樣異變成類似海裔的模樣。而沉默之地的輻射，來自於一頭鯨鯊的死亡。所以我們合理懷疑，真正促使人類和海裔進化的因素，其實是來自於鯨鯊，因此我們才想從慕梵身上找出這個祕密。當然，謎團還有很多，比如卯星的奇怪磁場等等……

「如果你願意加入我們，組織可以提供你最好的研究環境。怎麼樣，要不要考慮加入？」

滕白早已看穿了西里硫斯對研究的痴狂，才自信滿滿地發出這個邀請。誰知，西里硫斯眼神閃了閃，卻道：「我拒絕。」

「什麼？」

「我說過，我雖然痴迷於研究，但也不會背叛朋友。」西里硫斯笑了笑，「對於敵人，我不介意使一些小手段。」

實驗室的門突然打開，蒙菲爾德和另一個面色陰沉的男子，緩步走了進來。

「看來你身上已經沒有祕密了，真遺憾，我們的合作只能到此為止了。」西里硫斯笑著眨了眨眼。

滕白驚怒，「你耍我！」他掙扎著要從實驗床上下來，卻被束縛帶綁住了身軀。

「有嗎？」西里硫斯無辜道，「我一開始就說過啦，各取所需。拿你的祕密來還換你的人身安全，我可是按照條件，一直沒把你交給帝國的人呢。」

「混蛋！畜生！」

「好了。」蒙菲爾德揉著太陽穴，「你別再逗他了。」

西里硫斯聳了聳肩，不以為意。

「洛恩，現在該怎麼辦？」蒙菲爾德看向要塞指揮官。

這幾天，他們利用西里硫斯接近滕白，瓦解他的心防，得到了不少震驚世人的消息。也因為知道得太多，反而有了點綁手綁腳的感覺。

雷文要塞最高負責人——洛恩，看了眼還在掙扎的滕白，淡淡道：「對新人類聯盟發出通告，讓他們來交換人質。」

「用慕梵交換這傢伙？」蒙菲爾德瞪大眼，「可能嗎？」

「除非他們想讓自己做的事人盡皆知，否則就會投鼠忌器。」

「那誰去負責聯繫新人類聯盟？」蒙菲爾德問，他看了眼面無表情的總指揮，又看了看還在玩弄實驗儀器的西里硫斯，無奈道：「好吧，我來。」

他不該指望這兩個人的。

「西里硫斯。」洛恩突然開口道，「你剛才為什麼沒有答應他？」

西里硫斯睫毛閃了閃，露出純真的表情，「洛恩是在懷疑我對你的友情？」

「我是在懷疑你對研究的執著，這不像你。」

「哦，那是因為他的邀請一點誘惑力都沒有。」西里硫斯說，揚起嘴角，「而且他們未免太小看我了，竟然以為我要依賴新人類聯盟的幫助才能研究出進化的真相。」他說著，眼裡露出一絲譏諷，「他們以為，我這五年在雷文要塞都在打混嗎？」

「你研究出來了？」洛恩一驚。

「嗯，研究出來了，做了一個半成品吧，類似神石那樣的東西。」

「為什麼沒告訴我？」洛恩皺眉。

「因為我送人啦。」西里硫斯露齒一笑，「我送給了一個新認識的朋友，我覺得他會比較需要它。」

「小奕，你脖子上的吊飾是新買的？」

與克利斯蒂的促膝長談結束後，寒假才過到一半，沈彥文半途而返，邀請有奕巳去他家過新年。

盛情難卻，有奕巳只能和他一起回家了，得知消息後的克利斯蒂和有琰炙也要求同行。

由於幾人身分都有些特殊，而且最近局勢不太平靜，為了避人耳目，他們沒有乘坐沈家的專用星艦，而是搭乘公共星際飛船，買了一等艙的船票。

因為臨近新年返鄉潮，所有星際飛船房間有限，只能兩人共用一間房。也因此，沈彥文發現了有奕巳的一個小祕密。

「這個嗎？」有奕巳摸了摸脖子上的飾品，「是一個朋友送的。」

「好漂亮，是深藍色的耶，看起來好像海水的顏色。」沈彥文忍不住伸手去摸，一陣冰涼感襲來，「這是什麼寶石？」

有奕巳笑了笑，「是那個朋友的試做品，請我幫忙試用一陣子，回去之後我還要寫試用心得給他呢。」

「有什麼功能？」

「唔，大概是強健體魄之類的吧。」

兩人正在閒聊間，又有人走了進來。

「出去透透氣，別老是悶在房間裡，會長不高。」有琰炙說完，就拽著有奕巳走了出去。

旁觀的沈彥文和克利斯蒂靜靜地看著這一幕。

許久後，沈彥文才說：「總覺得比起守護騎士，琰炙師兄更像小奕的老媽啊！」

克利斯蒂深有同感。

有琰炙把人喊出來，其實是有話要說。

「上次在瑪律斯碰到的那個磁場，你有什麼想法嗎？」

有奕巳一頓，「那應該和卯星的磁場一樣，只是我不知道為何閻輝上校他們會有產生磁場的反應裝置。」

「那不是闇輝的，而是那個叫滕白的傢伙帶過來的。」有琰炙說，「藤白的身分，顯然不是一個普通的輻射變異者那麼簡單。我懷疑他和——」

「新人類聯盟有關，是嗎？」有奕巳接過話。

有琰炙挑了挑眉，「看來你已經知道一些事了。沒錯，這個組織最近風頭正盛……我懷疑慕梵落在他們手上的事，也不是空穴來風。」他看向有奕巳，過道內的冷光燈在對方臉上落下光影。

「但是無論真假，我都不希望你蹚這灘渾水。小奕，慕梵的事帝國的人會解決。」

「帝國嗎？」有奕巳笑了笑，帶著幾分譏嘲，然後他看見有琰炙蹙眉，立刻舉手投降道：「好好好，我不主動參與就是了！」

對於他這個保證，有琰炙顯然不是很滿意，正想再說些什麼時，窗外昏暗的環境突然明亮起來，一個巨大、轉盤似的太空建築出現在他們面前。

那個建築足有一個行星那麼大，乍一看像個巨大的車輪。銀白色的軀殼閃耀著隱隱光芒，圓形的軌道上有無數的星際飛船穿梭來往。

而在圓環中間，空間彷彿被扭曲了似的，每隔一段時間，便從扭曲的光線中躍出一艘星艦，緩緩駛向圓環的另一面。

這是一個時空環，提供星艦進行超遠距離跳躍。

「馬上就要輪到我們了。」沈彥文也出了房間，走向兩人，「經過下一次跳躍，就到我家了！」

這個時候，有奕巳還不太明白，他所說的「到我家」是什麼意思。

幾十分鐘後，經過時空環跳躍的星際飛船停在一個宇宙港口，只有他們四人下了飛船。

「這一站沒有其他人下船嗎？」有奕巳奇怪。

「為什麼要有其他人？」沈彥文更加疑惑，「這是我們家的港口啊。」

有奕巳正在思考這話的意思時，一艘古樸華麗的小型穿梭艦在宇宙港停下。不一會，穿梭艦下來一排黑衣人，為首的那位對沈彥文低頭道：「歡迎回家，少爺！」

接著，他轉頭看向有奕巳幾人。

「想必這幾位就是您的朋友了，歡迎諸位屆臨沈風星。」

「沈風星？」

「就是我家啦！」沈彥文轉身，對有奕巳咧嘴笑道：「是以我爺爺名字命名的星球。」

一整個星球都屬於一個家族，而且還只是他們家族財產中的一部分！身為赤貧等級的有奕巳，深深地感受到了階級差異。更可悲的是，他原本也應該擁有一份屬於自己的遺產，卻被一個不相關的人霸占住了。

「師兄。」有奕巳面無表情地轉身，對有琰炙道：「我收回前言，在必要的時候，我還是得去把慕梵找回來。」

——至少，得跟王子殿下要回萬星的遺產。

第三十六章　飛龍在天（二）

沈風星球，是沈家名下的一個二級行星，規模比起一級主星只差了一等。農業、商業、手工業、金融的發展，與其他星球毫無不同。

唯一的區別是，這顆星球沒有警察，管理它的人就是沈家。

「在這裡從商的人不用向中央交稅，只需要支付給沈家一點稅賦即可。而在這個星球上，我們家族企業每年的生產值，會拿百分之十給中央星系。」從穿梭艦上飛到沈家別墅的過程中，沈彥文講解給有奕巳聽。

「居住在此的本地居民，則相當於沈家的領民，受到我們保護。」

有奕巳想，這不就等於是貴族分封嗎？和帝國也沒什麼區別嘛。

「其他家族也像你們家族一樣，都有各自的領地嗎？」有奕巳問，「我竟然不知道，共和國內竟然也有這種模式。」

「你當然不知道。」有琰炙說，「雖然中央政府表示所有公民一律平等，但是盤踞在各自領地上的世家就像吸血蟲似的，所有資源都集中在他們手裡。權力壟斷、技術壟斷，只有他們能享有最好的待遇。普通人奮鬥半生，只不過是在為這些家族打工，他們根本無法融入這個『貴族』中，這就是共和國的『民主』。」

沈彥文的表情上流露出尷尬，克利斯蒂卻道：「別忘記你也是這種制度下的獲利者，有琰炙。」

有琰炙露出自嘲的表情，「是啊，我也是其中之一。」

有奕巳想起了自己在紫微星上的生活。謝長流撫養他時，他們的日子過得並不好，而像他們這樣的人，在邊境星球上還有非常多。哪怕是一般小康家庭的孩子，從基礎學校畢業後，也只能按照各自的能力深造，獲得一份體面的工作。

事實上，他們只不過是在提供貴族資源罷了。

在北辰軍校之前，沒有任何一所軍校會向普通人開放招生。這就導致共和國真正的權力部門，像星法系統內的議院、法院、檢察院等，根本不可能有一般人進入。一旦一個社會的統治階級就此固定，那麼直到它被推翻為止，都無法再流入新鮮的血液。

這個龐大的國家就會逐漸陳腐、敗壞，直到潰爛。

如此想來，威斯康校長開放入學標準的改革政策，是多麼不容易的一步。

「我突然慶幸自己進入了北辰軍校。」

在周圍的氣氛因為有琰炙的話變得有些僵硬時，有奕巳突然開口。

所有人都看向他。

有奕巳笑一笑，「你們看，這顆星球在沈家的治理下，生機勃勃，每個人都生活得很好。琰炙師兄說世家都是吸血的蛆蟲，也不盡如此。但是我們也不能保證，所有的家族都能這樣治理領地，所以就需要新的力量進來引導、監督，甚至是競爭。

「北辰放寬了入學標準，不出十年，就會有很多的平民畢業生進入權力部門。到時候，他們就像割除腐肉的手術刀一樣，會除掉這個國家腐敗的一面。」

他看向克利斯蒂，「不過校長身為阿克蘭家族的一員，竟然願意將權力與新人分享，真令人敬佩。」

克利斯蒂回避道：「這不是伯父的主意。」

「什麼？」有奕巳詫異。

「十幾年前，第一個提出要開放軍校入學標準的人，是有銘齊。」有琰炙道：「但是他的意見被人駁斥，就連支持萬星的七大世家也不支持他。」

克利斯蒂點點頭說：「直到現在，伯父才理解了當年有銘齊前輩的觀點。他曾說過，最後悔的是沒有在啟明星還在時，堅定地支持他。」

有琰炙冷哼，「後悔有什麼用?要是我，一開始就會做出正確的選擇。」他摟過有奕巳的肩膀，「我相信這傢伙，以後能比養父做得更好。」

「師兄，這樣我會壓力很大的。」有奕巳苦笑道。

克利斯蒂苦笑地看著有琰炙，「你是正確的，騎士長閣下。但是至少這一次，我也選擇了正確的道路。」他望向有奕巳，「比起當年的萬星，你雖然沒有身分上的優勢，但是也沒有隨之而來的劣勢。我相信，你一定可以走得更遠。」

有奕巳開始猶豫了，究竟什麼時候告訴克利斯蒂師兄自己的真正身分好呢？到時候會不會把正直的師兄嚇壞？

「啊，到了到了，終於到我家了！」沈彥文喊起來，「一路上聽你們說枯燥的話題，都快無聊死了！」

有奕巳聞聲望去，只見穿梭艦降落在一塊巨大的草坪上，等到幾人從穿梭艦裡走出來時，便聽見沈彥文一聲驚呼。

「父親、母親，你們怎麼親自來了？」

只見一排迎接的隊伍中，一對雍容華貴的中年夫妻，赫然站在人群首列。其中，美貌的貴氣女子牽起沈彥文的手，笑吟吟地不說話；沈彥文的父親，則是站前一步，目光在另外三人面上掃過。

「這裡有阿克蘭家族的青年才俊、上將之子，還有北辰最當紅的天才，我們怎麼能不親自迎接呢？」沈彥文的父親帶著得體的笑容，向三人一一打招呼。

有奕巳突然皺了皺眉，有種被人肆意打量的感覺。他再抬頭看去時，沈彥文父親笑臉如常，並沒有什麼異樣。難道是自己太過敏感了？

「好了，各位。」沈彥文的父親，沈耀道：「請跟我回本宅吧，幫你們接風洗塵。」

沈彥文的母親也溫婉地道：「感謝諸位接受邀請來沈宅做客。平日裡在學校，阿文勞煩你們照顧了。他被家裡寵慣了，肯定給各位添了不少麻煩吧？」

「母親！」沈彥文羞惱道。

有奕巳看著其樂融融的一家人，心生羨慕。他什麼時候也能擁有這樣和睦美滿的家呢？無論哪一世，這種來自家人的溫情，對他來說都遙不可及……

進了主宅後，每個人都被分配到了一間設施齊備的客房。

坐了一整天飛船，大家都覺得很累，便各自先回房歇息。

然而有奕巳卻睡不著，他躺在床上翻滾了好一會，最後索性坐起來修煉異能。在他凝神思考時，掛在胸前的寶石發出美麗的湛藍光芒，與窗外的夜色交相輝映。

有琰炙進來時，看到的就是這一幕。他靜靜地等著，直到少年從冥想中醒來，抬眸錯愕地望向他。

「師兄？」

「現在沒有外人。」有琰炙摸了摸他的頭髮。

「……哥。」喊出這個稱呼，有奕巳突然覺得有些委屈，將頭埋進有琰炙懷裡，沉默地蹭了蹭。

「哥，父親是個怎麼樣的人？」

「爸爸嗎？」

在沒有他人時，有琰炙習慣這麼稱呼有銘齊。

「他很溫柔，但有時候也很嚴厲。如果我做了不該做的事，就會被他狠狠懲罰。」

聽著有琰炙面無表情地說著這些話，有奕巳總覺得很好笑。

「你也會做受罰的事？難道是偷懶，或者尿床了？」有奕巳壞笑。

有琰炙淡淡掃了他一眼，「每次我違反禁令增加練習時間，爸爸就會很生氣。他說我明明才是個小屁孩，卻急著做大人該做的事。該玩的時候不玩，是本末倒置，以後要是長成一個小老頭，肯定不會有人嫁給我。」

有奕巳失笑，「你是怎麼說的？」

「我說女孩子很煩，我才不要娶，然後被聽到這句話的茉莉打了屁股。」

茉莉？

有奕巳猛地抬頭，「我母親那時也在嗎？」

「在，但是我見到她的時間不多。」

「她漂亮嗎？溫柔嗎？對你好嗎？」

「她很漂亮，但是不溫柔，很喜歡欺負我，不過對我很好。」有琰炙說：「我最後一次見她的時候，她正懷著你。當時她還對我說，如果生下來是個女孩，就給我定做娃娃親。」

有奕巳忍不住笑了，「可我是個男孩，你的娃娃親沒了！這麼說起來，我母親的性格和我很像，如果我們現在見面，肯定忍不住天天鬥嘴。如果……」

他的聲音漸漸低沉下去，有琰炙感到領口一片濕潤，抱緊有奕巳的手更用力了些。

「你長得很像她。」

「嗯。」

「小奕。」有琰炙頓了頓，再次開口，「你知道為什麼，我會叫你答應和沈彥文一起來這裡嗎？」

「衛少將的上訴審最近要宣判，是怕有人要對我不利吧！」

「不只是這個原因。我有件事沒告訴你，當年你的母親沒有外出讀書前，就居住在沈風星。」有琰炙道，「小奕，你可能還有親人在這顆星球上。」

有奕巳立刻坐直，眼裡滿是不敢置信。

「我還有親人？」

衛止清的上訴審結果，在新年之前宣判——證據不足，判定無罪。

最高法院負責審判此案的大法官，是一位立場中立的法官，既不是保守派，也不是革新派。但他作出判決的理由，卻與當日柏清的無罪判決毫無二致。

作為一切的「始作俑者」，有奕巳再次被推上了風口浪尖。

判決結果剛出來時，每家電視臺都在爭相報導這件事。莫里小鎮不那麼寬廣的街道上，更是不見人影。

人們不是聚集在酒館，就是守在家中。當判決公布的那一刻，整個小鎮不約而同地響起了歡呼聲，足以將天空震動。

「想到幾個月前，少將大人還被判處了死刑，現在的局面簡直難以想像啊！」

熱鬧的酒館裡，人們興奮地談論著這個話題，而蕭奕巳這個名字，也不斷地被提起。

角落裡，一個落單的人影點著飲料啜飲，一邊豎起耳朵聽著周圍人聊天。

「聽說他今年還沒滿十六歲！」

哪裡哪裡，再過幾天就到十六歲生日了。

「據說他入學時以一敵百，這一屆的北辰新生都在他手下吃過苦頭，現在看到他還會瑟瑟發抖！」

聽起來怎麼像個反派？

「年紀輕輕就在核心期刊上發表了兩篇權威文章，肯定是個痴迷於學術的人吧，也許像那些學者一樣埋頭苦學，不修邊幅。」

「那這麼說，豈不是為了學術連吃飯穿衣都耽誤了？」

「會不會兩個月才洗一次澡？」

「上將大人的獨子是他的守護騎士，聽說兩人經常發生爭執。」

「這我也聽說過，好像是因為長庚星有琰炙外表太過漂亮，引發了他的不滿呢。」

「這是為什麼？」

「你想嘛，這樣的天才總是有點自傲的，成天看見容貌如此出色的同性在自己身邊，難免會嫉妒吧！」

謠言越傳越離譜，坐在角落的人一點點握緊杯子，差點忍不住掀桌而起。

「你們胡言亂語些什麼！」

一個人卻搶先拍著吧檯站了起來。

「因為蕭奕巳的貢獻，衛少將和其他軍人得以洗脫罪名。你們不為之高興，反而在這裡閒言碎語、嚼人舌根？」青年怒氣沖沖地道，「你們哪裡配稱得上是北辰子民！」

喂喂，說的太過了吧。眼看酒館內的氣氛瞬間冷了下來，坐在角落的神祕人都為他捏了把冷汗。

「哈哈哈！」

誰知，幾秒冷場過後，全場竟爆出一陣大笑。

「又來了！這是今天第幾次了？」

「韓清的迷戀症是不是治不好了？」

「你們怎麼可以這麼議論蕭奕巳呢，他可是北辰的天才！」有人模仿著他的口氣說話，讓拍案而起的褐髮青年面紅耳赤。

他清俊的面容因此染上一層薄紅，惹得更多人去逗他。

「我們家韓清可是蕭奕巳的忠實粉絲。」老闆娘面帶嗔怪地走過人群，像愛撫孩子一樣摸著韓清的頭，「要是哪天你成為了他的守護騎士，阿姨一定為你辦宴會好好慶祝一番！」

韓清羞惱地推開她的手，剛剛從少年長成青年的臉龐上，還混雜著一絲青澀和矜持。然而他本人似乎不習慣與人開玩笑，因此對於大家善意的嘲笑，啞然地張了張嘴，又坐了回去。

過了一會，他像是再也待不住，在滿屋的哄鬧聲中提起長劍離開。

角落的神祕人盯著他，也悄悄跟了出去。

韓清覺得很懊惱，自己只是把心裡的想法說出來，為什麼每次都會引得大家嘲笑？雖然知道那些笑聲並無惡意，但是他們讓他覺得自己是那種刻意唱反調吸引人的感覺，他很不喜歡。

他準備找個僻靜的地方練一下劍法，才出門沒多久，就被人跟上了。

韓清眼神一閃，故意加快步伐拐過轉角。後面的人急匆匆地追上來，被他在角落逮了個正著。

「你是誰？」韓清狠狠扣住對方手腕。

他隨即感覺到，對方的身材太過纖細，簡直像一個還未發育完全的少年，或者是少女……他愣了一下，微微鬆開手，同時也看到了一張淚眼汪汪的臉龐。

「你弄痛我了……」

有著一頭黑色長卷髮的女孩，因為被他反扣住手臂，痛得眼眶泛淚。她美麗的面容上，帶著對韓清的控訴，讓年輕人心跳漏一拍的同時，也忍不住懊惱自己的行為。

「抱歉，我不知道妳是女生。」韓清舉起手，後退幾步，「妳為什麼要跟著我？」

「當然是對你好奇啊。」黑髮少女扶著牆壁站起來，「你叫韓清是嗎，你是在這個星球上長大的嗎？」

「嗯。」

直到對方站起來，韓清才發現，女孩竟然頗為高䠷，比起同齡的男孩不遑多讓。但是這一點，卻顯得她更加出挑迷人，讓韓清忍不住紅了臉。他還不習慣，和異性如此近距離相處。

「剛才聽酒館裡的人說，你想成為蕭奕巳的守護騎士?你是軍校生嗎?」

「那只是他們在起鬨。」韓清尷尬地道：「我不是軍校生，只是基礎學校畢業，學了幾年劍術。至於守護騎士……」他苦笑一聲道，「他身邊那麼多出色的人，哪會輪到我?」

「也許看對了眼就選了你呢?」

韓清對少女的天真感到好笑，「守護騎士是十分重要的職責，要負責保護自己的契約者，並為之履行他的星法之道。沒有足夠的實力，成為騎士反而成了對方的負擔。

「我的能力還不夠強大，如果我成為蕭奕巳的守護騎士，不僅是對他安危的不負責，更是對其他實力出色、認真努力的競爭對手的輕視。」

聽到他的一番話，少女才漸漸收起了戲謔的神色，伸出手豪邁地拍著韓清的肩，「很有志氣啊少年，我很看好你!多練幾年劍法後去找蕭奕巳，他一定會收下你的!」

韓清哭笑不得，正準備問她還有什麼事，就聽到少女問：「對了，既然你是這裡的本地人，知道茉莉·伊格林的家在哪裡嗎?」

她剛說完，就發現韓清周身的氣息明顯變得冰冷起來。

「你問這個做什麼？」他突然變得很冷淡。

黑髮少女裝作恍然不覺道：「我的一個朋友與她相識，想知道她還有沒有家人在身邊。」

「妳的朋友？」韓清懷疑地看向她，「他會認識茉莉阿姨？不可能，他是什麼人？」

「小奕！」

一個高大的人影從街角走來，白金色的髮因為跑動而顯得稍微凌亂，卻絲毫折損不了他的容貌。他走入小巷，彷彿把光輝也一同帶了進來，刺得韓清眼睛生疼。

「我讓你在酒館等我，怎麼自己跑出來了？」英俊宛若神祇的青年不悅道，輕輕扣住了少女的肩膀。

「抱歉啦，我只是想說與其四處打聽，不如找個熟悉的人問問看能不能帶路嘛！」少女笑嘻嘻地道歉。

青年露出無奈寵溺的表情，顯然拿她沒輒。

「你……你是有琰炙！長庚星！」認出人的韓清錯愕萬分，他看著兩人，愕然道：「你剛才喊她小奕，她是？」

「我是他的未婚妻。」少女攀上有琰炙的胳膊，微笑道，「既然你認出了他，我也就不繞圈子了。世人都知道有琰炙是有銘齊的養子，也就是茉莉的養子。我和我的未婚夫，想去拜見一下曾經的養父母的親人，也不為過吧？」

有琰炙竟然有未婚妻！

韓清過了好一會才消化了這個消息，看著有琰炙標誌性的髮色容貌，他們又知道那麼多消息，看來應該不是作假。

「茉莉阿姨的家人……」他猶豫著，卻沒注意到少女幾乎屏住了呼吸。

「茉莉阿姨的母親的確還在世，但她年歲已高，已經分不清人事了。你們還想去見她嗎？」

「見。只要還有親人在世，對我……們來說，都是值得珍惜的。韓清，能帶我去見茉莉的母親嗎？」

對著少女懇求的眼神，韓清忍不住點了點頭，須臾又問到：「妳是有琰炙的未婚妻，那妳的名字是？」

少女愣了一下，才道：「我叫木思奕，你也可以叫我小奕！」

「這邊走，橋有些舊，小心。」

韓清對身後的少女伸出手，生怕她掉進流動的溪水裡。然而，有琰炙卻搶在他之前，扶著黑髮少女過了橋。

韓清愣愣地看著一幕，心想原來一向冷言冷語的天之驕子，面對心上人時也會如此呵護。這未婚妻的身分，他又信了幾分。

「伊格林奶奶住在鎮外的小屋裡，平時我們會送食物給她，附近的人也會定期去看她。」

韓清走在前面，帶著兩人過了小溪，又越過一片稀疏的楓樹林。走到樹林盡頭時，一條石子小路躍然於眼前，路旁開滿了不知名的野花，隨著清風搖曳身軀。在花徑的遙遙另一端，一座掩映在綠色中的小屋若隱若現。

有奕巳踏上石子路，心跳不由加快。

他就要見到他僅存的親人了嗎？他母親的母親……他的外婆？

似乎是感受到了有奕巳的緊張，有琰炙安慰似地握了握他的手。

「伊格林奶奶？」

走到木屋前，韓清試探地喊了一聲，沒有回應。

他對兩人道：「可能是在花園，我去看一下，麻煩你們在這裡稍等一會。」

「嗯。」

過了一會，兩人見韓清還沒回來，有琰炙覺得傻站在門口很沒意思，便說：

「我去附近查看一下。」

原地便只剩下有奕巳了，他站了會，蹲在路旁看起那些小野花打發時間。

「咦？」

這一看他才發現，石子小路旁的花叢裡，竟然有一些精心搭建的小屋。它們有的只有人的巴掌那麼大，有的足有膝蓋那麼高，每棟小屋都有美麗的塗色和精緻的細節。小門、小窗，甚至是煙囪和屋內裝飾，都精巧細緻。看起來，就像是花間精靈們居住的小屋。

有奕巳忍不住繞著小路走了一圈，發現除了小屋外，竟然還有由小鞦韆和蹺蹺板等組成的微型遊樂場。一切看起來充滿了生活氣息，像是真的有精靈居住在此。

只是，也許是風太大，一間小屋的門被吹開了，落葉和枯草都飄了進去。有奕巳蹲下身，將枯葉整理出來，並仔細關上了那扇小小的門。

「真是的，布萊特出門又忘記關門了！」身後傳來一個樂呵呵的沙啞聲音，「要是狂風跑進了牠的壁爐，晚上可要受凍了。」

有奕巳回頭，看到一個滿頭白髮的老婦人正站在自己身後。她容貌慈愛，腰背微微彎曲，站起來還不到有奕巳胸前高，但是看見對方那和自己有幾分相似的容貌，老婦人和有奕巳都愣了愣。

「哎呀，小茉莉。」老婦人愣了幾秒，隨即發自真心地笑了起來，「學校放假回家了，怎麼不提前告訴媽媽一聲呢？我還沒準備好妳最愛的酥餅呢。」

「我不是……」有奕巳說到一半，想起自己現在的裝扮。

難道因為和母親長得相似，外婆認錯人了？

老婦人已經上前，牽起他的手，「妳一去上學就好久沒消息，上次妳寄信給媽媽說的那個老是纏著妳的小伙子，現在怎麼樣了？要我說，只要人家是真心的，無論出身如何，都不必計較。」

老是纏著母親、出身不明的男人？有奕巳火冒三丈，覺得肯定是個不知從哪裡冒出來的登徒子。

「即便人家父母不在了，家產還被充公，年紀也比妳大點，只要是真心愛妳的話，都好。」老婦人說著，又猶豫起來，「只是這外面仇家太多，這點不好。要是以後波及了妳要怎麼辦？」

這身分怎麼越聽越熟悉？有奕巳有種不好的預感。

「對了，小伙子叫什麼來著？沒名氣？」

「……」

原來老爹當年在丈母娘眼裡是這樣的形象？不知後來他是用什麼辦法抱得美人歸的……有奕巳替未曾謀面的父親默哀幾秒。

兩人手牽著手回到木屋前，就見到面露焦急的韓清和有琰炙。

「伊格林奶奶，妳又去哪裡了？」他看見老婦人後鬆了口氣，連忙上前扶著她。

「我與花朵裡的小傢伙們聚會去了。」老婦人呵呵笑道：「今天牠們做了好多甜餡餅，可惜你們沒有福分吃到。」

她被韓清牽著手，似乎又把有奕巳忘了，嘴裡也不再喊著小茉莉，而是跟著他向屋內走去。

幾人隨之進了屋休息，不一會，韓清過來致歉。

「抱歉，伊格林奶奶現在神智已經不太清楚，有時候會胡言亂語，我們也就隨著她了。」

「她還認得人嗎？」有奕巳問。

「只記得我們幾個常來的，其他人也記不清了吧。」

有奕巳不免有些失望，看來外婆雖然健在，但是想要詢問她母親的事，大概不太可能了。

正這麼想著時，伊格林卻逕自從廚房內走了出來，放了一盤酥餅和點心在有奕巳面前。

她笑吟吟道：「這是布萊特感激妳的謝禮，妳喜歡吃嗎？」

有奕巳一愣，一時分不清老婦人究竟真的神智不清，還是有部分清醒。

「謝謝。」他拿起酥餅，咬了一口，「我很喜歡。」

「呵呵，精靈們也都很喜歡妳呢。」

韓清露出一個又來了的表情，似乎對伊格林的話和她虛擬的精靈伙伴們，已經習以為常。

然而，他卻聽見少女津津有味地聽著老人講述精靈的趣事，甚至聊了起來。

「我也認識一個精靈。」黑髮少女說，「他長得漂亮，血統也高貴，但總喜歡戲弄別人，我老是被他欺負。」

伊格林驚訝道：「精靈都是很善良的，妳那個朋友的確是小精靈嗎？」

「他可不是小精靈，而是『大』精靈。」有奕巳壞笑道，「他耳朵可尖了，容貌也比人類好看許多，肯定是個壞脾氣的精靈。」

兩人你一言我一語，圍著這個話題談了起來。

韓清扶額，「女性的世界，真令人無法理解。」

有琰炙瞥了他一眼，默默地沒說話。

一下午的時間很快便過去了，兩人並沒有聊得很深入，都是在談一些無關緊要的話題。

當陽光落到屋子的另一角，有奕巳知道，是時候離開了。

「我得走了。」他站起來，戀戀不捨地看著老人，「我下回再來找您。」

老人這時又像是犯了糊塗，聽不懂他的話，低著頭，手裡不知在鼓搗什麼。

有奕巳無奈地嘆了口氣，站起身，向門外走去。

門口，先行一步的有琰炙和韓清正在討論劍術的話題。之前有奕巳和老人聊天的時候，兩人出去比了一場，有琰炙正在指點青年。

「你劍術基礎踏實卻應變不足，應該很少經歷實戰吧？」有琰炙道，「我建議你可以加入傭兵閱歷一番，技藝定會大有長進。幾年後你實力若有進步，可以來找我，我為你引見蕭奕巳。」

韓清激動道：「我可以嗎？」

有琰炙回頭，不著痕跡地看了某人一眼，「他要是喜歡你，你不想去也得去。」

有奕巳心想，幹嘛把他說得像是一個強搶民男的壞蛋。

「茉莉，妳還冷嗎？」

有奕巳回頭，只見外婆不知什麼時候又站在了他身後，手裡還拿著一件手織毛衣。

她絮叨道：「妳沒回來的這陣子，媽媽老是夢見妳困在一片黑暗中，喊著好冷好冷。等我醒來時，卻又找不找妳，問別人也沒有妳的消息。小茉莉，穿上媽媽織的衣服，就不冷了。」

她把毛衣披在有奕巳肩上，觸及那柔軟的質感，有奕巳愣了一下。

「我總是做惡夢，夢到妳在外面回不來了，留下媽媽一個人。有時還有人對我說妳已經死了，不會再回家了。我很生氣，把那些人全都趕走了。我是老了，但不傻，我的小茉莉肯定沒有死，她一定會回來找媽媽的。」

老人說著，伸出手愛撫有奕巳的臉龐，「看看，妳不就回來了嗎？小茉莉，妳在外面過得還好嗎？」

有奕巳眼眶紅了起來。

「我很好。」他握住老人的手，「等我下次回來時，把妳接去和我一起住，好嗎？」

老婦人笑了笑，卻沒有回答。

此時，有琰炙和韓清走了過來，看見他通紅的眼眶，都感到奇怪。

「怎麼了？」韓清問。

「沒。」有奕巳吸了吸鼻子，「灰塵跑到眼睛裡了。」

這麼蹩腳的謊言沒人會相信，但更不會有人忍心去揭穿他。黑髮少女拚命忍著眼淚楚楚可憐的模樣，只會惹人憐惜。

韓清忍不住看了眼有琰炙，羨慕起對方來。

分別的時刻還是到來了。

有奕巳一步一回頭，看到老人倚在木屋門口目送他們，腳步沉重。

她好像會一直在那裡，等待著女兒回家，卻不知道她的女兒早已葬身於星海。

有奕巳正傷感時，卻聽到老人遠遠傳來一句話。

「即便那個壞精靈總是欺負妳，長得比妳還好看，家世複雜，麻煩也多。只要他是真心對妳的，都不需要計較。」

這段熟悉的勸誡讓有奕巳腳下一個趔趄。再回頭看時，木屋已經消失在轉角，見不到老人的身影了。

「是嗎？他還是去了。」

昏暗的房間內，有人嘆了口氣，揮退屬下後，翻出一張保存已久的照片。

照片上，英俊帥氣的青年摟著一個長卷髮的女孩，兩人笑得很幸福。

在他們身側，還站著另外幾名少年少女，眼裡都有同樣的蓬勃朝氣，彷彿映出了整個星空。其中，最角落一個看起來有幾分孱弱的少年，模樣竟然和沈彥文有幾分相似。

這是一張很久之前的合影，久到照片上的許多人，都已不在人世了。

男人目光複雜地留戀在照片上，許久後，終於做了一個決定。

當年因為懦弱而欠下的債，就讓他在這一代徹底還清吧！

卡里蘭星系，一顆偏僻的小行星。

這是一顆因為開發過度而被放棄的居住星，當年的遺民不是遷徙走，就是逐漸被惡劣的環境淘汰。如今生活在這顆星球上的，只有負責看守基地的警備人員。

在地底深處，正進行著一項不為人知的實驗，實驗十分重要，地表的警備人員來回巡視，就是為了監視任何可疑的情況。

行星上沒有植物，枯黃的地表上只有漫天狂風和荒寂的沙丘，兩個警備人員背著武器，忍不住抱怨起來。

「要我說，這個破地方有誰會來？」其中一人埋怨道，「與其把我們放在這裡吹風吃土，怎麼不安排點正經事做？」

「正經事？我倒覺得這差事不錯。清閒薪水也高，也不用成天提心吊膽，你就知足吧！」他的同伴譏嘲道。

「喂，上面那幫人神神祕祕的，你覺得到底是在幹嘛？」

「這不是我們該知道的。」

兩人的制服領口上繡著螺旋狀的基因鏈，是新人類聯盟的標誌。

「噓，你看！」士兵壓低聲音，指了指前方，「那傢伙又來了。」

兩人齊齊抬頭望去，只見在基地的高牆上，有一人翻出圍欄站在牆頂，眺望著遠方。他穿著白色的實驗服，張開雙臂，似乎是要擁抱迎面撲來的狂風。須臾，身體一輕，向後倒去。圍觀的兩人正提緊心臟時，那人已經穩穩落地。

他站了起來，冷冷看了他們一眼，就向基地內部走去。銀色的短髮在黑夜中劃過一道亮弧，猶如匕首鋒銳的光芒。

直到那人遠去，兩個看守的士兵還忘不了那一瞥帶來的震撼感。

從牆上跳下來的銀髮人，在回到基地後遭到了訓斥。

「一號！」一個穿著長袍的女人呵斥他，「難道你忘了，放風時間內不能到基地外面去嗎？」

一號看著她，深色的眸子平靜得宛如一灘死水。

女人更氣了：「你的安危不僅關係到你自己，還關係到我們實驗的進展！希望你能對自己的行為負點責任！」

一號淡漠地點了點頭。

「你！」

「好啦。」旁邊的人拉住她，「妳知道他現在的情況，除了聽從命令和接受任務，根本聽不進其他的話。妳還指望能有什麼反應？」

女人質疑道：「可是他每次只要一有空閒就往外跑，我懷疑他還保有自我意識！」

「那只是一種本能而已。一號，過來，跪下幫我繫鞋帶。」說話的男人戲謔地看著一號，注意到對方果真慢慢蹲下，按照自己的命令做，便得意地笑道，「就是個聽話的木偶而已。對於沒有感情的這傢伙來說，妳苛責他也毫無用處，倒不如花時間想想，怎麼應對雷文要塞發來的通牒。」

女人看著一號，終於遲疑地點了點頭。

「關於那件事……」

在他們討論的時候，依舊半跪在地上的一號，面上毫無表情。

「西北方有什麼嗎？」

基地入口，兩名看守的士兵議論著。

「那傢伙每天都會跑來向東北方看，難不成有什麼東西？」

「這顆鬼星球上能有什麼好東西？就算再往東北去，出了北辰星系就是帝國境內，能有什麼？」

北辰星系？一名士兵想著。

從這個距離，隱約能看到北辰幾顆明亮的主星。即使這樣，那光芒也是如此地遙不可及。

「父親，你找我有什麼事？」

被管家喊來時，沈彥文還有些摸不著頭緒。

沈耀看著自己的兒子，「彥文，你的那個朋友蕭奕巳，你是怎麼想他的？」

「那傢伙雖然有時會讓人咬牙生氣，但是性格真誠，對朋友也很好。如果可以的話，即使畢業以後，我也想和他保持聯絡。」說到這裡，沈彥文想到什麼，戒備道，「父親，不會是因為小奕這次的辯護，惹怒了中央星系的一部分人，你要禁止我和他往來吧？」

沈家從多年前棄軍從商後，就一直站在中立的立場上。對於商人來說，明顯的立場偏向，只會給他們帶來風險。沈彥文以為父親為了家族的名譽著想，想讓他遠離蕭奕巳。

「爸，無論你怎麼說，我都不會拋棄小奕的，我不是那麼沒義氣的人！」沈彥文氣憤道。

這一次，他卻猜錯了。

沈耀搖頭笑了笑，「看來你很喜歡他，甚至不惜頂撞我。」

「我……」

「我不是要讓你遠離他，如果你願意，可以繼續跟在他身邊。甚至畢業以後你想進入軍法系統協助他，也都隨你的願。」沈耀說，「但是你做好準備了嗎？

彥文，以蕭奕巳如今的立場和姿態，他以後可能會得罪更多大人物。哪怕如此，你也會一直站在他身邊嗎？」

沈彥文點點頭，堅定地回答：「既然他是我的朋友，我就不會背叛他！危險？這世上做什麼事沒有危險？我相信小奕，只要和他在一起，什麼問題都可以解決！」

看了眼自信滿滿的兒子，沈耀滋味難言地嘆了口氣，「罷了，你想怎麼做就怎麼做，如果以後你們有什麼困難，可以向家裡求助。」

他揮退面帶不解的沈彥文，一個人站在書房裡，回想著兒子剛才的那句話。相信嗎？

沈耀嘆氣，當年的自己是不是就因為少了那一份信任，才沒有踏出最重要的一步呢？

有奕巳卸下女裝，和有琰炙一起回來時，看到的就是沈彥文拽著克利斯蒂，在一旁絮絮叨叨。

「你說我父親是什麼意思？把我叫過去，我還以為是要罵我，誰知到最後竟然是告訴我以後可以向家裡求助。」沈彥文不解地道，「我都不知道他什麼時候這麼大方了，他不是向來不喜歡參與這些事的嗎……」

「你父親是商人，這也是投資的一種。」克利斯蒂猜測道，「他看好小奕，選擇幫助他，是認為能在他身上獲得更多的回報。」

「父親還是滿有眼光的嘛。啊，你們回來啦！」沈彥文朝走過來的兩人招手，「今晚有新年慶祝表演，一起去看吧！」

有奕巳笑著點了點頭。

這是有奕巳第一次和這麼多人一起過新年。而在過完新年的第二天，他們便啟程返回北辰主星。這一次，沈彥文的父親沒有出來相送，他似乎一直在忙於工作。

有奕巳踏上返程的星艦，望著漸漸遠去的沈風星。

「哥，沈家……」

「無論他們知道了什麼，準備做什麼，你還是你。」有琰炙道，「你只要按照自己所想的路走就好，不要受任何人影響。」

有奕巳點了點頭，又再次開口：「我準備找個機會，把身分告訴克利斯蒂師兄還有彥文。」

伊索爾德的話，因為他身分特殊，有奕巳暫時還不方便向他透露。

有琰炙毫不意外他的決定，只是道：「就算你不透露，大概也隱瞞不了多久了。」

「什麼意思？」有奕巳詫異地回頭。

「萬星一旦年滿十八歲，就會顯出異於常人的特徵。當年爸爸就是因此猝不及防地暴露了身分，就被推上風口浪尖。」有琰炙說，「小奕，我們還有兩年時間。如果到時候無法繼續隱瞞下去，我會用盡一切力量保護你，讓你不受任何人的傷害。」

有奕巳愣了好一會，才笑道：「如果真是這樣，我也不能一直依賴你，做一個膽小鬼啊。不然的話，萬星的名譽不就毀在我手裡了嗎？」

他勾起嘴角。

兩年，已經夠他做很多事了。到了那時，他要讓那些心懷不軌的人，即使知道了他的身分，也不敢出手！

返回北辰後，衛止江之外的被告者的審判結果陸續公布了。同時，也讓有奕巳再次成為口口相傳的人物。至於莫迪教授和衛家那邊，又是如何對他表示感激，都暫且不提。

新的學期開始，升上二年級後，期待已久的一件大事件，終於向全體學生公布。

全星域軍校聯賽！

今年十月，這項比賽即將在一個公開星域舉行，到時全星系各大軍校都會派出最優秀的人員來爭奪冠軍。

對於軍校和軍校生來說，冠軍頭銜不僅意味著榮譽，更是他們隔年招生的重要依仗。優秀而新鮮的血液，才是一所學校能夠屹立不倒的支柱。

十月時，有奕巳年滿十七歲。

而那時，距離慕梵失蹤，也整整過了半年。

——《星際首席檢察官03》完

高寶書版集團
gobooks.com.tw

BL042
星際首席檢察官03
作　　者　YY的劣跡
繪　　者　あさ
編　　輯　林思妤
校　　對　任芸慧
美術編輯　彭裕芳
排　　版　彭立瑋

發 行 人　朱凱蕾
出　　版　英屬維京群島商高寶國際有限公司臺灣分公司
　　　　　Global Group Holdings, Ltd.
地　　址　臺北市內湖區洲子街88號3樓
網　　址　www.gobooks.com.tw
電　　話　(02) 27992788
電　　郵　readers@gobooks.com.tw（讀者服務部）
　　　　　pr@gobooks.com.tw（公關諮詢部）
傳　　真　出版部　(02) 27990909　行銷部 (02) 27993088
郵政劃撥　50404557
戶　　名　三日月書版股份有限公司
發　　行　三日月書版股份有限公司/Printed in Taiwan
初版日期　2020年 7 月
二刷日期　2020年11月

國家圖書館出版品預行編目(CIP)資料

星際首席檢察官 / YY的劣跡著.-- 初版. -- 臺北市：高寶國際, 2020.07-
冊；　公分. --

ISBN 978-986-361-871-3(第3冊：平裝)

857.7　　109008035

三日月書版

三日月書版

GOBOOKS
& SITAK
GROUP©